那些保留**纯真野性**的孩子，
能听到来自**猫头鹰**的召唤。

罗伊和比阿特丽斯兴奋地看着,
这只鸟越飞越低,最后猛地俯冲到洞穴中央。歌声瞬间停止了。

大家都回过头去看这只鸟落在哪儿。
胭脂鱼捕手努力不笑出声来，
那只勇敢的猫头鹰落在了他的头上。
"别担心，小家伙。"男孩说，"你现在安全了。"

胭脂鱼捕手和猫头鹰

［美］卡尔·希尔森（Carl Hiaasen） 著　冯萍 译

Copyright © 2002 by Carl Hiaasen

© 中南博集天卷文化传媒有限公司。本书版权受法律保护。未经权利人许可，任何人不得以任何方式使用本书包括正文、插图、封面、版式等任何部分内容，违者将受到法律制裁。

著作权合同登记号：字18-2024-185

图书在版编目（CIP）数据

胭脂鱼捕手和猫头鹰 /（美）卡尔·希尔森（Carl Hiaasen）著；冯萍译. -- 长沙：湖南少年儿童出版社，2025.1. -- ISBN 978-7-5562-7906-7

Ⅰ. I516.84

中国国家版本馆 CIP 数据核字第 2024FY6016 号

YANZHIYU BUSHOU HE MAOTOUYING

胭脂鱼捕手和猫头鹰

[美] 卡尔·希尔森（Carl Hiaasen）著　冯萍　译

责任编辑：唐 凌　李 炜	策划出品：李 炜　张苗苗　文赛峰
策划编辑：文赛峰　马 瑄　尤 璐	特约编辑：李婧雪　丁 玥
营销编辑：付 佳　杨 朔　周晓茜	版权支持：张雪珂
封面设计：霍雨佳	版式设计：马俊赢
版式排版：金锋工作室	绘　　者：starry 阿星

出 版 人：刘星保
出　　版：湖南少年儿童出版社
地　　址：湖南省长沙市晚报大道89号
邮　　编：410015
常年法律顾问：湖南崇民律师事务所　柳成柱律师
字　　数：187千字
开　　本：875 mm×1230 mm　1/32
插　　页：2
版　　次：2025年1月第1版
书　　号：ISBN 978-7-5562-7906-7

电　　话：0731-82196320
经　　销：新华书店
印　　刷：三河市鑫金马印装有限公司
印　　张：11.625
印　　次：2025年1月第1次印刷
定　　价：39.80元

若有质量问题，请致电质量监督电话：010-59096394　团购电话：010-59320018

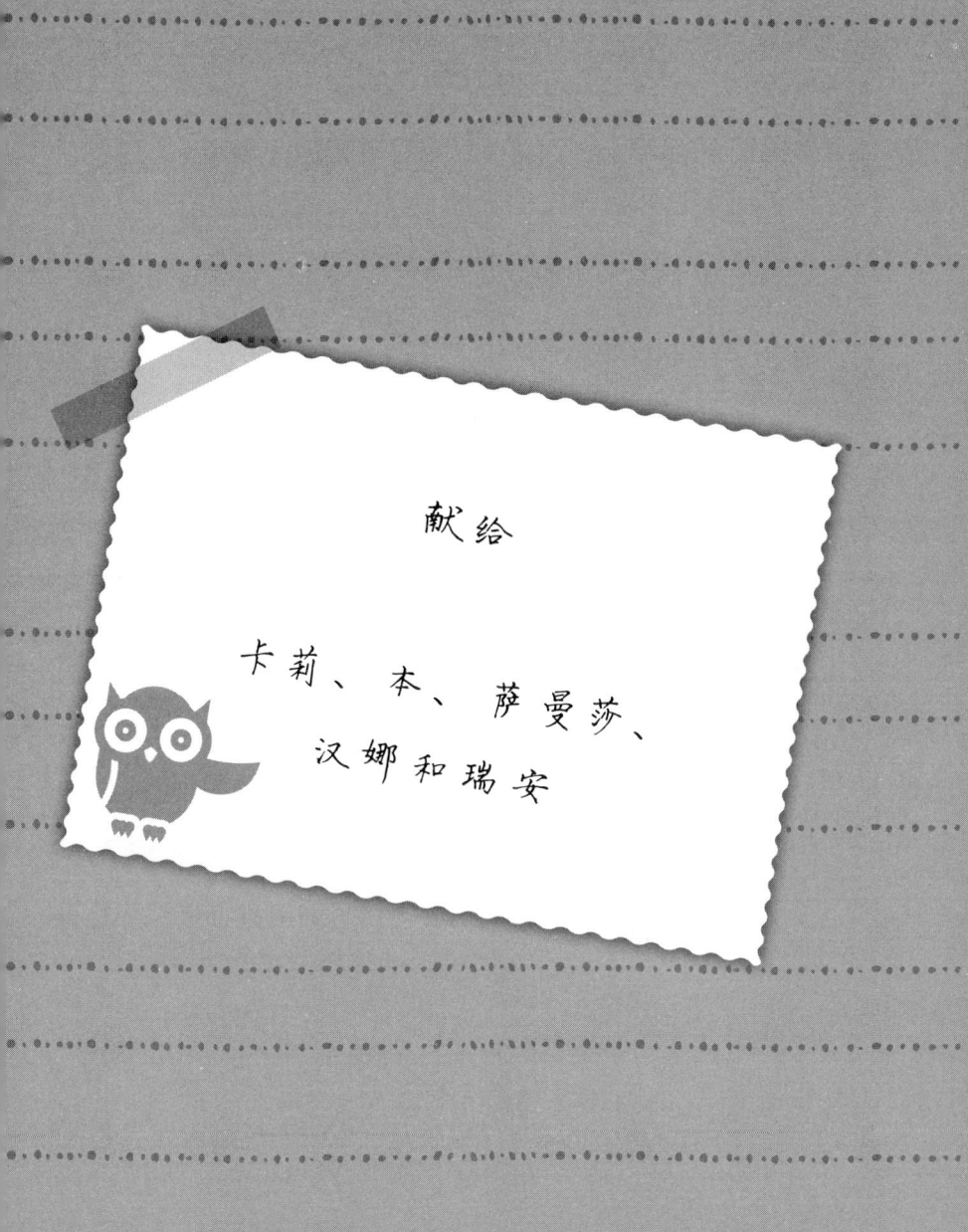

献给

卡莉、本、萨曼莎、汉娜和瑞安

目 录
contents

1 奇怪的男孩 / 001

2 主动出击 / 016

3 第二起破坏案件 / 031

4 比阿特丽斯·利普 / 047

5 胭脂鱼捕手 / 061

6 第三起破坏案件 / 072

7 分享秘密 / 088

8 恶犬 / 106

9 第四起破坏案件 / 122

10 见面 / 139

11 警察的破案线索 / 158

12 急诊室里的谎言 / 175

13 坦白 / 193

14 避难所 / 206

15 罗伊的好办法 / 229

16 替罪羊出现了 / 250

17 它们是猫头鹰 / 267

18 罗伊的课堂展示 / 289

19 推土机工作倒计时 / 313

20 胭脂鱼捕手和猫头鹰 / 325

21 拿破仑·布里杰 / 345

尾　声 / 353

1

奇怪的男孩

如果没有丹纳·马西森，罗伊根本不会注意到那个奇怪的男孩，因为罗伊通常不会往校车窗外看。罗伊更喜欢在每天早晨坐校车去崔西中学的路上读漫画书和推理书。

但就是这个周一（罗伊永远忘不了这一天），丹纳·马西森从后面抓住罗伊的头，用拇指按在罗伊的太阳穴上，像捏住个足球一样。年龄大一点的孩子本来应该坐在校车后面的座位上，但是丹纳偷偷躲在了罗伊的椅子后面，然后伏击了罗伊。罗伊挣扎着想要摆脱丹纳时，丹纳把他的脸摁在了窗户上。

就在这时，透过肮脏的玻璃，罗伊看到一个奇怪的男孩沿着人行道奔跑着，好像在匆匆忙忙地赶校车，通常校车会在街角停下来，接下一站的孩子们。

这个男孩拥有一头像草一样的金黄色头发，肌肉发达，他的皮肤由于长时间暴晒在太阳下呈棕栗色。他面部的表情专注而又严肃，身上穿着一件褪色的迈阿密热火队的球衣，下身穿着一条脏兮兮的卡其色短裤。最奇怪的是，他没有穿鞋。他赤着的脚底和烧烤用的炭火一样黑。

罗伊所在的崔西中学对学生的着装没有非常严格的规定，但是罗伊可以肯定穿鞋是必要的。如果这个男孩背了包，罗伊会觉得他把鞋子放在了包里。可是他既没有穿鞋，也没有背包，更没有拿书本——这一幕着实令人奇怪，尤其在孩子们该上学的日子。

罗伊确信如果那个男孩上车的话，一定会受到丹纳和车内其他大一些的孩子各种方式的欺凌。但这样的欺凌并没有发生……

因为这个男孩一直奔跑着——他跑过街角，路过排队等车的孩子们，最终从校车旁边一闪而过。罗伊想大

1 奇怪的男孩

喊:"嘿!看那个男孩!"但是他并没有发出声来。丹纳·马西森依然在罗伊的身后,把他的脸按在窗户上。

当校车驶离十字路口的时候,罗伊希望能再看一眼那个在人行道上跑步的男孩。但是那个男孩已经离开了人行道,从一个私人院落横穿了过去——他健步如飞,比罗伊跑得快得多,甚至比罗伊在蒙大拿最好的朋友理查德跑得都要快。理查德很擅长跑步,七年级的时候,他就加入了高中的田径队。

丹纳·马西森用指甲抠罗伊的头皮,想让罗伊发出痛苦的尖叫,但是罗伊并没有感觉到痛。他的注意力完全放在了那个奔跑的男孩身上,那个男孩穿过了一个又一个整洁的绿色院落,和校车同向前行,然而随着校车与男孩之间的距离越来越大,这个男孩在罗伊的视野里也变得越来越小。

罗伊看到一只长着尖耳朵的德国牧羊犬从某户人家的门廊里跳了出来,向那个男孩扑去。不可思议的是,男孩并没有躲避,而是一个跨步越过了这条狗,然后又撞过樱桃树篱,最后从罗伊的视野中消失了。

罗伊紧张地吸了一口气。

"怎么了，女牛仔？还没看够吗？"

丹纳在罗伊耳边嚷嚷地说道。作为一名刚转学过来的学生，罗伊不期望自己可以得到其他孩子的帮助。女牛仔这个绰号实在是太蹩脚了，完全没必要为此生气。众所周知，丹纳是一个十足的傻瓜，足足要比罗伊重五十多磅①。这种情况下反击纯属浪费力气。

"看够了吗？大点声回答，我们听不见你说什么。"丹纳的呼吸带着劣质香烟的气味。丹纳的爱好就是欺负比他年龄小的孩子。

"是的，好吧。"罗伊不耐烦地说，"我看够了。"

罗伊一被放开就立刻拉开窗户，把头探到外面。那个奇怪的男孩已经不见了。

他是谁？他跑什么？

罗伊想知道校车上的其他孩子有没有看见那个跑着的男孩。有那么一会儿，罗伊开始怀疑自己所看到的一切是否真的。

---

① 英制中的质量单位。1 磅 = 0.4536 千克。

1 奇怪的男孩

同一天早上，一位叫戴维·德林科的警官来到了宝拉妈妈全美煎饼屋施工工地。这是位于小镇东部的东金莺街和伍德伯里街拐角处的一块空地。

一位男士开着一辆深蓝色的皮卡迎接了德林科警官。这位男士头顶光秃秃的，像一个沙滩排球，他向警官介绍自己叫卷毛。德林科警官心想这个男士给自己取了这么一个昵称，一定很有幽默感，但是他错了。卷毛看起来性格古怪，而且一直绷着脸，没有丝毫笑容。

"您看看他们都做了些什么。"他对警察说。

"谁们？"

"跟我来。"这位叫卷毛的男士说。

德林科警官跟在他的后面。"调度员说你想举报一些破坏财物的行为。"

"是。"卷毛回过头嘟囔了一声。

警官看不出周围有任何财物被破坏的迹象，周围几英亩[①]的地方遍地都是杂草。卷毛停了下来，指着地面上的一根小棍子。棍子的一头系着一根亮粉色的塑料丝

[①] 英制中的面积单位。1 英亩 = 4046.86 平方米。

带,另一头则非常尖利,而且布满了灰尘。

卷毛说:"他们把这些木棍拔了出来。"

"这些是测量桩吗?"德林科警官问。

"他们把这些测量桩都从地里拽了出来,天哪,一根都不留地拽了出来。"

"也许这只是一群小孩干的。"

"他们还把这些测量桩扔得到处都是。"卷毛挥舞着粗壮的手臂说,"之后又把洞填上了。"

"这有些奇怪。"警官感叹道,"这件事是什么时候发生的?"

"昨天晚上或者今天早上。"卷毛说,"也许这看上去不是什么大事,但是我们需要花好长一段时间,才能把这块场地重新标记出来。这段时间里,我们不能清理场地,也不能规划任务,什么都不能做。我们已经租了挖土机和推土机,但现在它们都被撂在一边。我知道这不是什么世纪大案,但是——"

"我明白。"德林科警官说道,"你估计会造成多少经济损失?"

"损失?"

1 奇怪的男孩

"是的,我得写在报告上。"警官拾起测量桩,开始仔细地检查,"这个没有断,对吧?"

"是的,没有断——"

"这些测量桩有没有被损坏?"德林科警官问,"这些东西值多少钱?一两美元?"

这位叫卷毛的男士失去了耐心。"他们没有破坏任何一根测量桩。"他粗声粗气地说。

"一根也没有?"警官皱了皱眉头,他在思考该在报告中填写什么内容。如果没有经济损失,就不能举报破坏财物。如果没有任何财物被破坏或损伤的话……

"我的意思,"卷毛不耐烦地说,"不是指责他们损坏测量桩,而是他们打乱了我们施工的进程,对我们造成了严重的经济损失。"

德林科警官脱下他的帽子,挠了挠头。"让我想想。"他说道。

这位警官朝巡逻车走去,绊了一跤,摔倒在地上。卷毛抓住警官的一只手臂,把他从地上拉了起来。两个人都显得很尴尬。

"愚蠢的猫头鹰。"卷毛说道。

警官拍了拍制服上的灰尘和草屑，说："你说猫头鹰？"

卷毛指了指地上的一个洞，这个洞和宝拉妈妈煎饼屋家有名的酪乳烙饼一样大。在洞口可以看到一堆松散的白沙。

"你是被这个洞绊倒了。"卷毛朝德林科警官解释道。

"猫头鹰住在里面吗？"警官弯下腰，观察着这个洞口，"这些猫头鹰有多大？"

"一罐啤酒那么大。"

"没开玩笑吧？"德林科警官说。

"但是老实说，我从来没有见过它们。"

回到巡逻车旁，巡警拿出一个小本子，开始写报告。原来卷毛的真名是勒罗伊·布兰尼特，他是这个建筑工地的"监理工程师"。看到警官在本子上只称呼他为"工头"，卷毛皱了皱眉头。

德林科警官向卷毛解释以破坏财物为由立案的难度。"我的警监一定会把案子再打回来，因为实际上，没有任何财物遭到破坏。很可能是一些孩子路过这里，把这些测量桩拔了出来。"

1 奇怪的男孩

"你怎么知道一定是孩子们干的?"卷毛嘟囔道。

"如果不是他们,还能是谁呢?"

"他们为什么要把测量桩扔出去,然后再把给测量桩挖的洞填起来?难道只是为了让我们重新开工吗?"

这也使警官感到十分困惑。如果是孩子们搞恶作剧的话,不会搞这么麻烦。

"你有具体的怀疑对象吗?"

卷毛说:"好吧,还没有,就当是孩子们干的吧。但这不构成犯罪吗?"

"当然是犯罪。"德林科警官回复道,"我的意思是从严格意义上来讲这不构成破坏财物罪,这是非法入侵和存心捣乱。"

"好吧。"卷毛耸了耸肩说,"只要我能拿上一份您的报告就行。至少我们可以找保险公司进行赔偿,来弥补我们损失的时间和这件事造成的额外的开销。"

德林科警官给了卷毛一张写有警局办公地址以及负责整理案件报告的职员的名字的卡片。卷毛把卡片塞到他的工头衬衫胸前的口袋里。

警官戴上了太阳镜,回到了他的巡逻车内,车内热得像个火炉。他迅速启动发动机,把空调调至最大。系好安全带之后,他对卷毛说道:"布兰尼特先生,还有一件事想要问您,我只是非常好奇。"

"说吧。"卷毛一边说着,一边用一条黄色的印花手帕擦了擦眉头上的汗。

"是关于那些猫头鹰的问题。"

"一定会知无不言的。"

"如果您的推土机开始工作了,"德林科警官问,"这些猫头鹰该怎么办?"

工头卷毛咯咯地笑了起来。他觉得警官一定在开玩笑。

"什么猫头鹰?"他说。

整整一天,罗伊都在回忆那个奇怪的男孩奔跑的情景。课间,他在走廊里左顾右盼,希望可以看到那个可能迟到的男孩。早晨的那个男孩可能是在往家里跑,罗伊心想,那个男孩可能是要回去换件衣服,穿上鞋。

但是走廊里并没有哪个人长得像从那只尖耳朵的大

1 奇怪的男孩

狗身上跳过去的男孩。罗伊吃午饭的时候想,也许那个男孩还在奔跑着。佛罗里达州就很适合跑步,罗伊从没有见过这么平坦的地方。在蒙大拿州,到处都能看到高耸的山脉直插云霄。而在佛罗里达州,唯一的坡是人造的公路桥——光滑、平缓的混凝土斜坡。

然后,罗伊想起了佛罗里达州的闷热和潮湿,有些时候,这种天气似乎要把他肺里的肉都抽出来。罗伊觉得在佛罗里达州长跑根本是一种折磨。那个男孩一定得有钢铁般的意志才能那样奔跑。

一个叫加勒特的男孩坐在了罗伊的对面。罗伊向他点了点头,并打了声招呼,这个男孩也点头回应。接着两个人都坐下来吃餐盘里黏糊糊的面条。因为是一名转学生,罗伊在餐厅吃饭的时候,总是独自一人坐在餐桌的末端。罗伊经常转学。崔西中学是罗伊上学以来就读的第六所学校。在罗伊的记忆中,椰子湾是他们家住过的第十个地方。

罗伊的父亲在政府机关工作。罗伊的母亲告诉罗伊,他们之所以这么频繁地搬家是因为罗伊的父亲在工作上表现得十分突出,经常受到提拔。很显然,政府就是这么奖励那些工作突出的人——把一个人从一个地方调到另一个地方去。

"嘿。"加勒特说,"你有滑板吗?"

"没有,但是我有滑雪板。"

加勒特大喊道:"那个有什么用?"

"我以前住的地方经常下雪。"罗伊说。

"你应该学滑滑板,伙计,那个感觉真的很棒。"

"我会滑滑板,只是我没有。"

"那你应该买一个。"加勒特说,"我和朋友准备去大型购物中心购物,你也来吧。"

"那太棒了。"罗伊努力使自己听起来很感兴趣。他不喜欢购物,但是他很感激加勒特对自己的邀请。

加勒特在学校的成绩总是 D 级,但是他很受欢迎,因为他上课的时候,敷衍了事,每当老师点名叫他时,他就会发出放屁的声音。加勒特是崔西中学的假装放屁大王,曾经在入学宣誓的时候因放屁而一举成名。

讽刺的是,加勒特的母亲是这所中学的一位辅导员。罗伊觉得加勒特的母亲在学校应付各种各样的孩子已经绞尽脑汁,因而回家之后,再没有精力去管加勒特了。

"是啊,我们滑滑板的时候都很疯,往往都是保安把我们赶走,我们才停下来。"加勒特说道,"之后我们去停车场滑滑板,直到再一次被赶出去。简直太刺激了。"

"好啊,我和你们一起去。"罗伊说,尽管周六早上逛商场一点意思都没有。他本期待可以去埃弗格莱兹享受第一次汽艇之旅。他的父亲曾经答应过某个周末带他体验一下。

"周围还有其他学校吗?"罗伊问加勒特。

"为什么这样问?难道你已经厌倦这所学校了吗?"加勒特咯咯地笑了起来,然后把勺子伸进一块黏糊糊的苹果脆饼里。

"不是的。我今天在一个车站附近看到了一个很奇怪的男孩。他没有上校车,我在学校里也没看见他。"罗伊说,"我想他不是崔西中学的学生。"

"我不认识其他学校的学生。"加勒特说,"在迈尔斯堡有所天主教学校,但离这里很远。那个孩子穿校服了吗?因为天主教学校里的修女要求所有的孩子都必须穿校服。"

"没有，他肯定没穿校服。"

"你确定他是初中生吗？也许他是格雷厄姆高中的学生。"加勒特提示道。格雷厄姆高中是离椰子湾最近的一所公立高中。

罗伊说："他看起来还没有到上高中的年龄。"

"也许他是个侏儒。"加勒特咧嘴笑了，用半边脸发出了放屁的声音。

"我不这么认为。"罗伊说。

"是你说的他很奇怪。"

"他赤着脚没穿鞋。"罗伊说，"而且他跑得像疯了一样。"

"也许有人在后面追他。他看起来害怕吗？"

"好像不害怕。"

加勒特说："他一定是一名高中生，我敢用五美元打赌。"

罗伊觉得还是说不通。格雷厄姆高中的开课时间要比崔西中学早五十五分钟。早在初中校车接完学生之前，高中生就不在街上晃悠了。

1 奇怪的男孩

"我想他逃课了。孩子们都在逃课。"加勒特说,"你还想吃你的甜点吗?"

罗伊把餐盘推到加勒特跟前。"你逃过课吗?"

"是啊,当然了。"加勒特一脸讽刺,"好多次呀。"

"一个人逃课吗?"

加勒特想了想,说:"不是,我是和朋友们一起逃课的。"

"看吧,你知道我的意思。"

"也许那个男孩是个神经病,谁在乎呢?"

"或者他是一名逃犯。"罗伊说。

加勒特看起来一脸怀疑:"你说他是一名逃犯?就和杰西·詹姆斯一样吗?"

"不是吧,我想也不完全是。"罗伊说,尽管他在那个奔跑的男孩眼里看到了一些狂野的东西。

加勒特再次笑了起来:"一名逃犯,真有意思,埃伯哈特,你的想象力真丰富。"

"是啊!"罗伊说,他心里已经有一个计划了。他决定找到那个奔跑的男孩。

2

主动出击

  第二天早上,罗伊在校车上和其他孩子换了座位,坐在了离车门较近的地方。当校车行驶到上次罗伊看到奔跑的男孩的那条街道时,罗伊把背包搭在肩膀上,警惕地注视着窗外,等待着。后面的座位上,丹纳·马西森正在折磨一个叫路易斯的六年级男孩。路易斯来自海地,丹纳对他很残忍。

  校车在十字路口停了下来,罗伊把头伸出窗户,审视着街道的情况。他没有看到跑步的男孩。有七个孩子上了校车,但那个奇怪的光着脚的男孩并不在其中。

  第二天也是这样的,第三天也没有什么特殊的情况

2 主动出击

发生。到了周五,罗伊几乎都要放弃了。他坐在距车门十排的座位上,读着 X 战警的漫画。校车到了熟悉的转弯处,开始减速。这时一道人影从罗伊的眼角闪过,让他从漫画中抬起头来——在那儿!那个男孩又一次奔跑在人行道上!穿着同样的篮球衫,同样的脏兮兮的短裤,光着脚丫,脚底黑黑的。

刹车声刚响起,罗伊就抓起地上的背包,立刻站了起来。几乎同时,一双汗涔涔的大手掐住了罗伊的脖子。

"你准备去哪儿啊,女牛仔?"

"放开我。"罗伊发出刺耳的声音,挣扎着想要挣脱。

罗伊脖子上那双大手越掐越紧。罗伊感觉丹纳带着烟味的呼吸落在他的右耳上。

"你今天怎么没穿靴子呀?有谁听说过一个女牛仔穿乔丹运动鞋呢?"

"我穿的鞋是特步牌的。"罗伊尖叫道。

校车停了下来,学生们陆陆续续地开始上车,罗伊感到十分愤怒,他必须在司机关门重新启动发动机前,走到车门口。

但是丹纳不肯放手,他的手指几乎插进了罗伊的气管里,罗伊感到呼吸困难,挣扎只会让事情变得更糟糕。

"看看你。"丹纳在后面放声大笑,"脸红得像一个西红柿一样!"

罗伊知道校车上规定不能打架,但是他想不出摆脱丹纳的其他办法。他紧紧地握住右拳头,用尽全身的力气,朝自己肩膀后面打去,他感到自己打在了什么湿漉漉、柔软的地方。

身后传来一声哭嚎,丹纳松开了罗伊的脖子。罗伊气喘吁吁地冲到校车门口,这时最后一名学生刚好上了校车。她是一个拥有一头金色鬈发的高个子女孩,戴着一副红边框的眼镜,正走上校车的台阶。罗伊笨拙地从她身边挤过,跳到地上。

"你要干吗?"这个女孩责备道。

"嘿,等一下!"校车司机大喊道,但是罗伊已经消失在他的视野里。

那个奔跑的男孩远远地跑在罗伊前面,不过罗伊觉得自己还是可以紧紧地跟住男孩,不让这个男孩从视野里消失。他知道这个男孩不可能一直跑得这么快。

他跟着这个男孩跑了几条街区——跨过了栅栏,穿过了灌木丛,穿梭在正在狂吠的狗、草坪洒水器和热水管道之间。渐渐地,罗伊没了力气。这个男孩还真的不可思议,罗伊寻思道。也许,这个男孩是田径队的队员。

有一次,罗伊仿佛看到那个男孩扭头看了一下身后,好像知道自己正在被人追逐,但是罗伊不能确定。那个男孩还是远远地在他前面跑着,罗伊像一条搁浅的鲑鱼一样大口地喘着气。罗伊的衬衫都湿透了,豆大的汗珠从额头上流了下来,掉进他的眼睛里,他的视野变得模糊。

他们跑到了住宅开发基地,最后一栋房子还在修建中,但是这个没有穿鞋的男孩毫不在意地在木柴上和松动的建筑钉子中间轻松冲过。挂在石膏板上的三个工人停下手中的活,朝他大喊大叫,但那个男孩始终没有放慢脚步。其中一个工人伸出一只手臂想阻止罗伊继续向前跑,但没有成功。

突然,罗伊又一次跑到了草地上——这是罗伊见过的颜色最鲜绿、最柔和的草坪,他意识到自己来到了高尔夫球场的跑道上,那个一头金发的男孩已经跑到了这条长长的跑道的中央。

跑道的一侧是一排高大的澳洲松,另一侧是乳白色的人工湖。罗伊看到前方有四个衣着鲜艳的大人,那个没穿鞋的男孩从他们身边跑过时,他们对他指指点点。

罗伊咬咬牙,继续追着。他的双腿如同灌铅一样沉重,他的肺火烧火燎地疼。在前方一百码[①]远处,那个男孩突然右转弯,迅速地消失在松树林里。罗伊倔强地跟着他钻入树林中。

一个愤怒的声音在球场里回荡,罗伊注意到球道上的人们也在向他挥手。他跟着那个男孩,右拐继续向前跑,过了一会儿,远处的金属上闪过一道阳光,接着是一声轻微的撞击声。直到这个高尔夫球飞到离罗伊六英尺[②]远的时候,他才看到这个高尔夫球。他来不及俯下身去,也来不及从跑道上离开,他唯一能做的就是扭过

---

① 英制中的长度单位。1 码 = 0.9144 米。
② 英制中的长度单位。1 英尺 = 0.3048 米。

2 主动出击

头去，抗住这一下撞击。

这个高尔夫球恰好打在了他的左耳上，刚开始并不疼，接着，罗伊感到自己的世界天旋地转，脑袋里仿佛有礼花爆炸一样。他感觉自己缓慢地跌倒在地上，就像一滴雨珠轻轻地落在天鹅绒上。

那些打高尔夫球的人跑了过来，看到罗伊面朝地躺在沙坑里，以为他死了。罗伊听到他们疯了一样地哭喊着，但是他躺在地上一动不动。白色的沙子贴在罗伊灼热的脸颊上，带来一阵凉意。罗伊感觉自己马上就要睡着了。

"女牛仔"这个绰号——好吧，这是我的错误，罗伊想道。他先前告诉同学们他来自牛之乡蒙大拿州，而实际上他出生在密歇根州的底特律市。罗伊还是个婴儿的时候，他的母亲和父亲就搬离了底特律市，因而他觉得称底特律市是自己的家乡有点名不副实。在罗伊的心里，他没有家乡，他们家总是搬家，总不能在一个地方长久地待一段时间，让他安定下来。

在埃伯哈特一家人去过的所有地方里，罗伊最喜欢蒙大拿州的博兹曼市。那些高耸入云的山脉，如丝带般的绿色河流，还有宛若油画一样湛蓝的天空——罗伊从来没有见过如此美丽的地方。埃伯哈特一家人在那儿待了两年七个月十一天，罗伊想永远在那里待下去。

在罗伊的父亲告诉他要搬到佛罗里达州的那个晚上，罗伊把自己反锁在卧室里大哭了一场。他拿上了滑雪板，把他的内衣、袜子、羊毛滑雪服、自己生日时爷爷给他的一百美元放在塑料行李箱里，当他准备从窗户爬出去时，他的母亲恰好逮到并且及时制止了他。

罗伊的母亲向他保证他一定会喜欢佛罗里达州的，她还说所有的美国人都想住在那儿。佛罗里达州阳光明媚，而且风景秀丽。罗伊的父亲从门缝里探出头来，努力让自己听起来很兴奋，说道："别忘了，那里还有迪士尼乐园。"

"迪士尼乐园一点意思都没有。"罗伊直截了当地说，"比起去佛罗里达州，我更想留在这儿。"

和往常一样，罗伊总是投反对票。

因而，当他刚入学，崔西中学的班主任问他来自哪里时，他站起来骄傲地说："蒙大拿州的博兹曼市。"这

2 主动出击

也是第一次在校车上碰到丹纳·马西森时,罗伊给出的答案。从此,罗伊便有了"特克斯①"或者"女牛仔"或者"罗伊·罗杰斯②-哈特"这样的外号。

只能怪自己没有说自己来自底特律。

"你为什么打马西森先生?"薇奥拉·亨内平问。她是崔西中学的副校长,罗伊现在坐在她昏暗的办公室里,等待着审判。

"因为他差点把我掐死。"

"但是马西森先生不是这么说的,埃伯哈特先生。"亨内平小姐又高又瘦,永远板着脸,"他说没有招惹你,就被你打了。"

"对呀,"罗伊说,"我总是挑战校车上那些喜欢欺负人的大孩子,给他脸上来一拳,因为好玩。"

"在崔西中学我们不鼓励学生挖苦别人,"亨内平说,"你知道你把他的鼻子打断了吗?希望你的父母收

---

① 得克萨斯州(Texas State)因牛仔文化而闻名,罗伊的外号取自得克萨斯州的前三个字母 Tax,译作人名时为"特克斯"。
② 罗伊·罗杰斯(Roy Rogers)是二十世纪四五十年代活跃于好莱坞的著名演员和歌手,塑造了许多经典的牛仔形象。

到医院寄来的账单时不要吃惊。"

罗伊说:"那个愚蠢的混蛋差点把我勒死。"

"真的吗?接送你的校车司机凯西先生说他什么都没有看到。"

"可能当时他正看着前面的路呢。"罗伊说。

亨内平小姐微微地笑了一下:"埃伯哈特先生,你的态度极其傲慢。你知道学校会怎么处理你这样的拥有暴力倾向的男孩吗?"

"马西森才是个有暴力倾向的男孩!他总是欺负校车里所有比他小的孩子。"

"其他人都没有抱怨。"

"因为他们害怕他。"罗伊说,这也是其他孩子都不为罗伊做证的原因。没人敢激怒丹纳,因为他们第二天不得不在校车上面对他。

"如果你没有做错事,为什么要逃跑呢?"亨内平小姐问道。

罗伊注意到她的上嘴唇上有一根黑色的胡须,随着她说话的动作一翘一翘的。他寻思为什么亨内平小姐不剃掉这根胡须——难道她故意把它留起来吗?

"埃伯哈特先生，我在问你问题。"

"我跑了，因为我也害怕他。"罗伊回复道。

"或者，你害怕打了他之后会发生什么？"

"不是这样的。"

"根据学校的校规，"亨内平小姐说，"你要被开除的。"

"他当时在掐我。我还能做什么？"

"请你站起来。"

罗伊按照她说的站了起来。

"往前站一站。"亨内平小姐说，"你的头还疼吗？高尔夫球打到你这里了吗？"她用手摸了摸耳朵后面的紫包。

"是的，校长。"

"你很幸运。通常情况会更严重。"

他感到亨内平小姐瘦骨嶙峋的手指顺着他的衣领往下摸，她眯起了那双灰色的眼睛，蜡黄的嘴唇因为惊讶紧紧地抿了起来。

"嗯。"她说，她那双像秃鹰一样犀利的眼睛注视着他。

"怎么了？"罗伊朝后退了几步。

副校长清了清嗓子说："你脑袋上的包告诉我你已经得到了惨痛的教训，我说得对吗？"

罗伊点了点头。根本没有必要和一位嘴唇上留着一根长胡须的女士理论。亨内平小姐让罗伊起了一身鸡皮疙瘩。

"那么，我决定不开除你了。"她一边说一边用铅笔敲着她的下巴，"不过，我决定禁止你坐校车了。"

"真的吗？"罗伊几乎要笑起来了，这个惩罚真的太棒了，不用乘坐校车，不用见丹纳！

"两周之内你都不能坐校车。"亨内平小姐说道。

罗伊努力做出一副沮丧的样子："整整两周吗？"

"除此之外，你必须给马西森先生写一封道歉信，必须言辞真诚。"

"好吧。"罗伊说，"但是谁会帮他读这封信呢？"

亨内平小姐咂了咂嘴，露出了一嘴黄色的牙，说："别不珍惜你的运气，埃伯哈特先生。"

"好的，校长。"

罗伊一离开校长办公室，就急忙前往男厕所，他来到一个有镜子的水池旁,拉下自己的衣领,想看亨内平小姐刚才在看什么。

罗伊咧嘴笑了。在他脖子上喉结的两旁各有四个明显的手指印,他在水池旁转了一圈,扭过身子看肩膀后面,发现他的后颈上同样有两个拇指印。

谢谢你,大蠢货丹纳,他想道。现在,亨内平小姐知道我说的都是真话了。

好吧,大部分都是真话。

他没有跟亨内平小姐提到那个奇怪的男孩,虽然不知道自己为什么要这么做,但罗伊觉得除非到了必要的时候,否则没必要什么都和副校长说。

罗伊误了早上的课,到餐厅吃午饭的时候,午餐时间也马上要结束了。他匆匆忙忙地打了份午餐,找了一张空桌子,背对着其他学生坐了下来。他狼吞虎咽地吃着一个咖喱汉堡,喝了一瓶温牛奶,甜点是烤过头的巧克力饼干,有一个冰球那么大,味道也像冰球。

"真难吃!"他喃喃道。他把饼干砰的一声扔回了餐盘。罗伊拿起自己的餐盘,准备离开。突然有一双手搭在他的肩膀上,把他吓了一跳。他感到有点害怕,不敢往后看——要是后面是丹纳·马西森该怎么办?

对糟糕透顶的一天来说,这个结局堪称完美,罗伊沮丧地想道。

"坐下。"罗伊身后的一个声音说,不是丹纳的声音。

罗伊把搭在自己肩上的手挪开,然后转过身去。

一个高个子的金发女孩叉着胳膊站在他身后,她戴着一副红色边框的眼镜——就是他在校车上遇到的那个女孩。这个女孩看起来很不高兴。

"今天早上你差点把我碰倒。"她说。

"对不起。"

"你跑什么呢?"

"不为什么。"罗伊想从她身边走过,但是这一次她堵在了罗伊前面,不让他过去。

"你真的差点伤到我。"她说道。

被一个女孩挡住了去路让罗伊感到很不自在。当然,他也不想让其他男孩看到。更糟糕的是,罗伊心里真的有点犯怵。这个鬈发女生显然比他高,有着一双宽阔的肩膀,矫健的双腿被晒得黝黑结实。她看起来像一名运动员——可能是一名橄榄球运动员,也可能是一名排球运动员。

罗伊说:"因为我把一个孩子的鼻子打断了——"

"哦,我听说了。"这个女孩冷冷地说,"但你不是因为这个跑出去的,对吧?"

"当然就是因为这个。"罗伊怀疑她是否要指控他干了别的什么,比如偷了她背包里的午餐钱。

"你在撒谎。"女孩大胆地抓住他餐盘的一端,防止他离开。

"请你走开。"罗伊厉声说道,"我要迟到了。"

"别紧张。离打铃还有六分钟,女牛仔。"她看起来好像要捶罗伊的肚子,"现在和我说实话吧,你是去追某个人,对吗?"

看到这位女孩没有指控他犯了严重的错误,罗伊松了一口气,说道:"你也看到他了?那个没穿鞋的男孩。"

女孩依然紧紧抓着罗伊的餐盘,向前走了一步,把罗伊摁在墙上。

"我想给你提点建议。"她说,降低了她的声音。

罗伊焦虑地看着四周,餐厅里只剩下他们两个人了。

"你在听吗?"女孩又推了他一下。

"你说,我在听。"

"好。"女孩不停地推着罗伊,直到罗伊拿着餐盘,紧贴在墙上。她透过她的红边框眼镜恶狠狠地盯着罗伊,说:"从今以后,管好你自己的事。"

罗伊不得不承认自己有点害怕。托盘紧紧地卡在他的胸前。这个女孩不好惹。

"你也看到那个男孩了,对吗?"他小声说道。

"我不知道你在说什么。为了自己好,最好管好你自己的事情。"

她放开罗伊的餐盘,然后转身离开。

"等一下!"罗伊在后面叫着,"他是谁?"

但是那个鬈发女孩没有回答,甚至都没有回头看。她走开了,只是举起右臂,在空中摇了摇食指。

3
第二起破坏案件

正午的太阳光很刺眼，德林科警官用手遮住了眼睛。

"您怎么这么长时间才到这儿。"建筑工地的工头卷毛说。

"在小镇的北部发生了一起四车相撞的事故。"警官解释说，"而且还有伤亡。"

卷毛气呼呼地哼了一声："好吧。无论如何，你看看他们都干了什么。"

非法入侵者和先前一样把每一根测量桩都从洞里拔出来，而且又把洞填上了。德林科警官不是警局中侦探能力最强的人，但是他也开始怀疑这些不是淘气的青少年所做的恶作剧。也许有人对宝拉妈妈以及这家举世闻名的连锁店售卖的煎饼怀恨在心。

"这一次可以算是破坏财物了。"卷毛有所指地说道,"他们损坏了一些私人财产。"

他把德林科警官带到建筑场地的西南角,那里停着一辆平板运输车,它的四个轮胎都漏气了。

卷毛举起手掌说:"现在您看到了,每个轮胎值一百五十美元。"

"发生什么事了?"警官问。

"轮胎的侧面被划烂了。"卷毛愤怒地摇晃起他光秃秃的头。

德林科警官蹲下来,开始研究平板运输车的轮胎。但是在橡胶上看不到任何划痕。

"我想可能有人把轮胎里的气放了。"警官说。

卷毛小声嘟囔了一句,很难听清楚他在说什么。

"无论怎么样,我都会写一份报告。"警官向他保证。

"这样怎么样?"卷毛说,"可以在这里再放几辆巡逻车吗?"

3 第二起破坏案件

"我会向我的长官报告的。"

"拜托您了。"卷毛说,"我自己也找一些人。现在这情况有点荒唐了。"

"好的,先生。"德林科警官注意到在平板运输车后面绑着三个便携式厕所。看到一扇蓝色的门上写着"旅行的约翰尼",警官脸上拂过一丝微笑。

"这是工程展开之后,为建筑工人准备的。"卷毛解释说,"当然如果工程可以顺利展开的话。"

"你们检查这些厕所了吗?"警官问道。

卷毛皱了皱眉头。"厕所?为什么要检查这些厕所?"

"你永远都不知道会发生什么。"

"任何一个有正常思维的人都不会在厕所上玩把戏。"工头用鼻子哼了一声。

"我可以看看吗?"德林科警官问道。

"随便。"

警官爬上了平板运输车的车窗,从外面看,便携式厕所没有被做过任何手脚。货物带紧扣着,三个厕所的门都关闭着。德林科警官打开一扇门,把头探进去,窥视着里面,厕所里有一股强烈的消毒水味。

"怎么样?"卷毛走过去问道。

"啊,没什么。"警官说。

"事实上,移动厕所没有什么值得破坏的。"

"不一定。"德林科警官刚要关门,这时候他听到了一阵低沉的声音——是水花溅起来的声音吗?警官不安地盯着塑料便盆下面,那里黑乎乎的一片,十秒钟之后,他又听到了同样的声音。

绝对是水花溅起来的声音。

"您在那儿干什么?"卷毛问道。

"我在听声音。"德林科警官说。

"听什么?"

德林科警官从腰间解下手电筒,他身体前倾,把手电筒的光对准了厕所坑。

卷毛听到了一声尖叫,他诧异地看着德林科警官从厕所门口跳了出来,就像一个奥林匹克跨栏运动员一样。

"这又是怎么了?"工头不悦地寻思道。

德林科警官整理了一下自己的警服,站了起来。他又按了一下手电筒,检查灯泡有没有被碰坏。

3 第二起破坏案件

警官的帽子刚好落在猫头鹰的洞穴上,卷毛捡起来,把帽子递给他。"所以,是什么声音?"工头说。

警官严肃地点了点头。"是鳄鱼。"他宣布道。

"您开玩笑吧!"

"我也希望我在开玩笑。"德林科警官说,"他们把鳄鱼放到了你们的便盆里,是真的活着的短吻鳄!"

"不止一只?"

"是的,先生。"

卷毛变得目瞪口呆。"这些鳄鱼……大吗?"

德林科警官耸了耸肩,朝着便携式厕所点了点头。"我觉得这些鳄鱼在你们屁股底下游泳的时候,"他说,"看起来肯定都很大。"

亨内平小姐把罗伊的表现告诉了他的母亲,罗伊回家后不得不向母亲复述一遍发生了什么,父亲回家之后,又得重复一遍。

"为什么那个年轻人掐你脖子?你没有做什么刺激他的事吧?"埃伯哈特先生问。

"罗伊说这个男孩欺负所有的小孩。"埃伯哈特太太说,"即使是这样,打架总是不对的。"

"我没有打架。"罗伊坚持道,"我只是捶了他一下,让他放开我。之后我就跳下校车,跑了。"

"之后你就被高尔夫球打中了?"他的父亲问,想到这儿,埃伯哈特先生不由得皱起了眉头。

"他跑了好远好远。"他的母亲说。

罗伊叹了一口气。"当时我很害怕。"他不喜欢对父母撒谎,但是一直和他们解释自己为什么跑了那么远,让他感到非常疲惫。

埃伯哈特先生检查了一下儿子耳朵后面的淤伤。"伤得不轻。也许应该让舒曼医生给你检查一下。"

"没事的,爸爸,我没事。"在高尔夫球场就有医生检查过他的淤伤,崔西中学的护士花了四十五分钟的时间"观察"他是否有脑震荡的迹象。

"他看起来没事。"罗伊的母亲说,"但是那个年轻人的鼻子破了。"

"哦?"埃伯哈特先生皱了皱眉头。

令罗伊吃惊的是,父亲看起来并不是真正生气,尽管他没有朝罗伊笑,他的眼神中毫无疑问地充满了怜爱——甚至是骄傲。罗伊心想这可能是向父母请求减轻处罚的好机会。

"爸爸,我当时差点被他勒死。我还能做什么呢?如果是您的话,您该怎么办?"罗伊把他的衣领拉了下来,向父亲展示自己脖子上青紫色的手指印。

埃伯哈特先生的脸色立刻沉了下来。"莉兹,你看到了吗?"他问,罗伊的母亲烦躁地点了点头,"学校知道那个暴徒对我们儿子做了什么吗?"

"副校长知道。"罗伊插嘴说道,"我给她看了。"

"她做出了什么决定?"

"两周之内不让我乘校车,另外,我还得写一封道歉信——"

"那这个男孩怎么样了?他会不会也受到纪律处分?"

"我不知道,父亲。"

"这是侵犯。"埃伯哈特先生说,"谁也不能掐别人的脖子,这是犯法的。"

"您的意思是警察会逮捕他吗?"罗伊不想把丹纳·马西森送入监狱,因为那样的话,丹纳的那些喜欢欺凌、和丹纳同样强壮的朋友会找他的麻烦。作为学校的一名新生，罗伊不想和这些人结仇。

他的母亲说："罗伊，警察不会逮捕他，但是需要给他点教训，否则他会继续伤害其他人，尤其是那些比他小的孩子。"

埃伯哈特先生向前倾了一下身体，专注地看着罗伊问："这个男孩叫什么名字？"

罗伊犹豫了，他不确定父亲到底从事什么职业，但是他知道是与法律相关的。偶尔，埃伯哈特先生向罗伊的母亲提到自己的工作的时候，他会说自己为D.O.J.工作，罗伊将之破译为美国司法部（United States Department of Justice）。

虽然罗伊非常不喜欢马西森，但是他觉得这个男孩不值得美国政府注意。丹纳只是一个愚蠢的恶霸，而这个世界上到处都是这样的人。

"罗伊，告诉我他的名字。"他的父亲坚持道。

"这个男孩的名字叫马西森。"埃伯哈特太太插嘴道，"丹纳·马西森。"

起初，看到父亲没有写下这个男孩的名字，罗伊松了一口气，希望这说明父亲不会继续追究这件事。然而接下来罗伊想起来父亲有着超常的记忆力——比如，他能背出1978年纽约洋基队整个首发阵容的击球率。

"莉兹，你明天给学校打电话。"埃伯哈特先生对埃伯哈特太太说，"问一问，这个男孩有没有因为袭击罗伊而受到处罚。"

"明天早上的第一件事。"埃伯哈特太太保证道。

罗伊心里呻吟着。他的父母反应如此激烈全是他的错。他不该给他们看自己脖子上的手指印。

"母亲，父亲，我没事。真的没事。我们能不能就此罢休呢？"

"肯定不能。"他的父亲坚定地说。

"你的父亲是对的。"罗伊的母亲说，"这件事情真的很严重。现在到厨房，用冰块敷一敷你的淤伤。随后去写那封道歉信。"

在罗伊的墙上挂着一张利文斯顿竞技表演的海报，上面画着一个牛仔骑着一头凶猛的驼背公牛，这个牛仔一手高高地举到空中，他的帽子从他的头上飞了出去。每天晚上关灯之前，罗伊都会躺在床上，盯着海报看，幻想着自己就是画面中的那个矫健的年轻牛仔。通常一个牛仔在一头发怒的公牛上可以待两到三分钟,但是罗伊想象着自己可以稳稳地坐在公牛上,无论它如何摇晃都不能把自己摔下来。时间一秒一秒过去,公牛最终筋疲力尽地跪了下来。罗伊平静地从公牛背上爬下来,朝欢呼的人群挥手。他就这样一遍一遍想象着这样的场景。

罗伊希望也许某一天,他的父亲可以调回蒙大拿,那个时候自己就可以和牛仔一样学习骑公牛了。

在卧室的同一面墙上,有一张黄色的传单,是发给前往黄石公园参观的游客的。传单上写道:

警告!

许多游客已经被野牛顶伤了。

野牛重达 2000 磅,

速度可以达到 30 英里[①] 每小时,

比你跑步的速度要快三倍。

[①] 英制中的长度单位。1 英里 = 1.609 千米。

3 第二起破坏案件

这些动物看起来温顺,

实则狂野、不可预测、危险。

不要接近野牛!

在这张传单的底部画着一名游客被一头发狂的野牛用牛角顶伤的图片。游客的相机被甩到了一边,他的帽子掉到了另一边,就像利文斯顿竞技表演海报上画的一样。

罗伊一直保留着黄石公园的传单,因为他想象不到竟然有人可以愚蠢到去接近一头成年的野牛,并给野牛拍照片。然而这样的事情层出不穷,每年夏天总有一些愚蠢的游客被野牛顶伤。

这正是丹纳会试着去做的蠢事,罗伊一边写着道歉信一边想。他能轻易地想到这个笨蛋跳上一头野牛,仿佛骑的是旋转的木马一样。

罗伊从笔记本里撕下一张纸,写道:

亲爱的丹纳:

对不起,我打破了你的鼻梁,希望现在它

不再流血了。

  我向你保证只要你在车上不找我麻烦,我永远不会再打你了。我觉得这样的安俳很合适。

真诚爱你的,
罗伊·A. 埃伯哈特

  罗伊把这封信拿下楼,给他母亲看。母亲微微地皱起了眉头,说:"亲爱的,这封信显得……太强势了。"

  "妈妈,您是什么意思?"

  "不是这封信的内容有问题,是这封信的语气太强势了。"

  她把信递给罗伊的父亲看,罗伊的父亲扫视了一遍,说:"我认为语气正合适,不过罗伊你最好在词典里查查'安排'这个词怎么写。"

  警监瘫坐在办公室桌前,他根本没有想到自己的职业生涯会结束在这种状态下。在波士顿的大街上巡逻了二十二个冬天后,他被调到了佛罗里达州,希望能在温

暖中平静地度过退休前的五六年，椰子湾听起来就很理想，然而它和警监期待中的那个安静的乡下不一样。这个地方就像杂草一样茂盛地生长着——交通量大，游客多，当然还有超高的犯罪率。

不是大城市那种令人发指的犯罪，而是古怪的佛罗里达州式的犯罪。

"有多少只鳄鱼？"警监问警司道。

警司看向了德林科警官，德林科警官说："一共六只。"

"每个厕所里有两只？"

"是的，长官。"

"有多大？"

"最大的甚至有四英尺。最小的有三十英寸[①]。"德林科警官读着自己的报告说。

"真的是鳄鱼啊！"警监感叹道。

"是的，长官。"

德林科警官的上司警司说道："长官，不要担心，

[①] 英制中的长度单位。1 英寸 = 2.54 厘米。

现在它们都被弄走了。我们叫来了一位爬行动物饲养员,把它们从厕所里捞了出来。"随后,他又笑了笑,"那只小鳄鱼差点把饲养员的手指咬断了。"

警监说:"爬行动物饲养员真不容易啊!——没关系,不要在乎这些。"

"您可能不知道,我们是在黄页查号簿里找到他的。"

"真是个人物。"警监喃喃道。

一般情况下,他这个级别的警监不会插手这样愚蠢的案子,但是这家煎饼公司和政府有关系,宝拉妈妈的一位人物给格兰迪议员打了电话,格兰迪议员立刻传话给警局的局长,局长把这个案子交给了警监,警监很快找到了警司,警司找到德林科警官把这个案子交给他负责。

"这里到底发生了什么事?"警监询问道,"为什么这群孩子会一直到这个建筑场地搞破坏?"

"两个原因。"警司说,"无聊和方便。我跟您赌五美元,有一群少年犯住在附近。"

警监看了德林科一眼问:"你怎么看?"

"这几次的破坏都是有组织性的,不像是孩子们的所作所为——他们把所有的测量桩都拔了出来,不是一次,而是两次。想想今天发生的事,什么孩子能把这么大的鳄鱼放到厕所里?"德林科说,"对一场恶作剧来说,这也太冒险了。"

德林科警官不是夏洛克·福尔摩斯,但是他说得很有道理,警监想道。"好吧,那我们听听你的推测。"他对巡警说。

"是的,长官。我是这么想的。"德林科警官说,"我觉得有人不喜欢宝拉妈妈连锁店。我觉得他们在实施报复。"

"报复。"警监重复道,有些怀疑。

"是的。"德林科说,"也许是宝拉妈妈煎饼连锁店的竞争者。"

警司在椅子上不安地转动着,说:"椰子湾没有别的煎饼连锁店。"

"好吧。"德林科警官说,他摸了摸自己的下巴,"如果是这样的话,会不会是一位不满意的顾客的报复?也许有人曾经在宝拉妈妈的煎饼店吃了一顿不满意的早餐!"

警司笑了，说："哪儿有很难吃的煎饼呢？"

"我同意。"警监说，他已经听够了，"警司，我们每小时巡逻一次建筑工地。"

"是的，长官。"

"你们要么抓住这些破坏者，要么把他们吓跑。对我来说，怎么都可以，只要局长不再收到布鲁斯·格兰迪议员的电话就行了。明白了吗？"

他们刚离开警监的办公室，德林科警官就问警司可否明天一大早就在宝拉妈妈建筑工地那里巡逻。

"戴维，不行。已经没有加班费的预算了。"

"哦。我不要加班费。"巡警说道。他只想竭尽全力解开谜团。

4

比阿特丽斯·利普

　　罗伊的母亲让他整个周末都待在家里,观察他的淤伤,以免有后遗症。尽管他的脑袋没有任何问题,但是周六和周日晚上,他都睡得不好。

　　早上去学校的时候,罗伊的母亲问他是否在担心什么事。罗伊否认了,但这不是实话。他担心要是遇上丹纳·马西森,该怎么办。

　　但是罗伊在崔西中学没有看到丹纳的身影。

　　"他请了病假。"加勒特和罗伊说,由于加勒特的母亲是学校高级辅导员,他可以获得很多内部信息,"老兄,你对那个可怜人做了什么?我听说校车里到处都是他的内脏。"

"不是这样的。"

"我听说你那一拳打得很重,把他的鼻子打歪了,我还听说他得做整形手术。"

罗伊翻了个白眼,说:"对,是的。"

加勒特用嘴发出放屁的声响,说:"嘿,学校里的每个人都在谈论这件事——尤其是谈论你,埃伯哈特。"

"太好了。"

他们站在大厅里,等着第一节课的铃声。

加勒特说:"现在他们说你是个硬汉。"

"谁说的?为什么?"罗伊不想被当作一名硬汉,他只想安安静静的,不被其他人注意,就像河边的一只臭虫一样。

"他们说你是个硬汉。"加勒特继续说,"之前从没有人打过马西森。"

当然,马西森有三个比他大的哥哥,他们在崔西中学都不受欢迎。

"你在道歉信里写了什么?'亲爱的丹纳,很抱歉我惹了你。请不要报复我,打断我身上的每一根骨头,至少给我留一条胳膊,这样我还能养活自己。'"

"你真有意思。"罗伊干笑道。说实话,加勒特真的很有意思。

"你觉得那只黑猩猩下次再见到你之后会对你做什么?"他对罗伊说,"如果我是你的话,我会做个手术,让他认不出我来。伙计,我是认真的。"

"加勒特,我需要你的帮助。"

"什么帮助呢——找一个地方藏起来?去南极吧。"

铃声响了,很多学生拥向了大厅。罗伊把加勒特拽到一边问:"有一个卷毛金发女孩,她戴着一副红色边框的眼镜——"

加勒特看起来很警惕,说:"别告诉我你们的事。"

"告诉你什么?"

"你喜欢上比阿特丽斯·利普了?"

"这是她的名字?"罗伊觉得只有一百多年前的人才会给他们的女儿起名叫比阿特丽斯。难怪她那么无礼。

"关于她你了解多少?"他问加勒特。

"我对她的了解足够让我远离她。她是一名橄榄球中锋。"加勒特说,"所有人都知道得离她远点,不敢相信你对她动心了。"

"我都不知道她是谁！"罗伊抗议道，"她因为一些疯狂的原因对我发火，我想知道为什么。"

加勒特呻吟着："首先是丹纳·马西森，现在有比阿特丽斯这头大熊，你是不是想死了，特克斯？"

"给我讲讲她的故事吧。"

"现在不行，我们要迟到了。"

"快点。"罗伊说，"求你了。"

加勒特走上前去，紧张地看了看四周。"好吧，现在我告诉你关于比阿特丽斯·利普的所有事。"他小声嘀咕着，"去年，格雷厄姆高中的一名明星后卫光天化日之下在大柏树购物中心从后面偷袭了她，扇了她屁股一巴掌，比阿特丽斯追上了这个男孩，把他举起来，扔到了喷泉池里。那个男孩的锁骨断成了三节，不能参加下一个赛季的比赛了。"

"不可能吧。"罗伊说。

"我觉得你应该考虑改去其他学校上学了。"

罗伊空洞地笑了几声："那就太糟糕了。"

"没别的办法，伙计。"加勒特说，"真的。"

4 比阿特丽斯·利普

德林科警官本打算早早起来巡查施工工地。对他来说，这也算一次很好的休息，因为他平时很少有参与调查的机会。通常情况下，这类案件会交给警探去调查。

虽然德林科警官很喜欢椰子湾，但是他厌倦了自己的工作，因为他处理的大多数是关于交通事故的案件。他成为一名警察，是因为他想处理犯罪案件并逮捕犯人，然而，除了偶尔抓住某个酒驾司机外，德林科警官从来没有逮捕过任何人，他腰带上别着的手铐和两年前刚入职时一样闪闪发光，没有半点划痕。

破坏财物以及非法入侵不是什么罪大恶极的犯罪，但是德林科警官仍然对宝拉妈妈建筑工地上不断发生的恶作剧感到着迷。他有种预感，这不是简单的青少年恶作剧。

由于警察局的局长受到了上面的压力，被要求以最快的速度解决案件，德林科警官意识到这是一次升职的机会，他职业生涯的最终目标是成为一名警探，宝拉妈妈这个案件就是一个可以证明自己是这块料子的机会。

在鳄鱼案件发生之后的第一个周一，德林科警官把他的闹钟设到早晨五点。他从床上滚下来，快速地冲了一个澡，给自己烤了个百吉饼，然后开车径直向建筑工地驶去。

当他抵达建筑工地的时候，天色还黑着，他绕着这块建筑工地走了三圈，但是没有发现什么反常之处。除了一辆垃圾车，街道上空无一人。警察的无线电对讲机也很安静，黎明前，椰子湾没有发生任何事件。

德林科警官若有所思地说："也许黎明之后就会有了。"

他把警车停靠在勒罗伊·布兰尼特的工作拖车旁边，等待太阳升起。今天一定会有一个非常迷人的早晨，天空看起来很清澈，东方淡淡地染着一些粉红色。

德林科警官真希望自己带了一保温杯咖啡，因为他并不习惯早起。有一次他感觉自己的头快垂到方向盘上了，于是就轻轻拍打自己的脸颊，不让自己打瞌睡。

德林科警官凝视着清晨模糊的灰色，突然看到了前方有什么在动。他打开警车的照明灯，发现在草堆上新插入的测量桩上站着一对穴居猫头鹰。

卷毛没有开玩笑。这两只猫头鹰是德林科警官见过的最小的猫头鹰，只有八九英寸那么高，它们是深褐色的，翅膀上有斑点，喉部发白，琥珀色的眼睛炯炯有神。尽管德林科警官不是一位观鸟爱好者，但他仍然被这对玩偶大小的猫头鹰迷住了。有那么几分钟，它们盯着警车看，大大的眼睛不确定地眨了眨，接着，它们起飞了，叽叽喳喳地俯冲到低矮的树丛里。

德林科警官希望自己没有把猫头鹰们吓得离开自己的巢穴，所以他关掉了照明灯。他揉了揉自己沉重的眼皮，把头靠在警车的窗户上，皮肤贴着沁凉的玻璃。有只蚊子在他鼻子附近嗡嗡地飞着，但他太困了，没有理睬它。

很快，他就打起了盹。接着他听到无线电对讲机发出了声音，调度员例行公事地问他现在在哪里。德林科警官从口袋里摸出了对讲机，说出了建筑工地的位置。

"收到。"调度员一边说着一边记下了这个地点。

德林科警官渐渐清醒过来，警车里很闷热，但奇怪的是天比刚才他来的时候还要黑——简直是漆黑一片，他什么都看不见，包括车外的建筑工地。

德林科警官感到一阵恐慌席卷自己的内心，有那么一刻，他怀疑是否已经到了第二天晚上。难道他睡了整整一天吗?

正在这时,有什么东西撞在他的警车上——砰!接下来,又是一声,又一声……一种稳定的撞击声。德林科警官把手伸向自己的手枪,但是手枪根本没法从枪套里拿出来,因为他系着安全带。

他努力挣脱安全带,把车门打开。一阵刺眼的白色阳光照射在他的脸上。他遮住了自己的眼睛,想到在警校学到的知识,他大喊道:"我是警察!我是警察!"

"啥?真是让人困惑。"这是那位阴郁的建筑工头卷毛在说话,"怎么了?你没听到我敲门吗?"

德林科警官试图恢复理智。"我睡着了。发生什么事了吗?"

巡警重新回到明媚的阳光下,他环视着四周,"哦,不!"他喃喃道。

"哦,是的。"卷毛说。

原来在德林科警官打盹的时候,有人把警车的窗户都喷上了黑色油漆。

"现在几点了?"他问卷毛。

"九点半了。"

4 比阿特丽斯·利普

德林科警官不由自主地呜咽了一声。九点半了!他用手指摸了摸窗户上的油漆——是干的。

"我的车。"他沮丧地说。

"你的车?"卷毛弯下腰,捡起了一根被拔出来的测量桩,"谁关心你那愚蠢的车?"他说。

罗伊一个早上心里都很堵。必须做些什么,必须做一些果断的事情——他不能整个学期都躲着丹纳·马西森和比阿特丽斯·利普。

可以一会儿再考虑丹纳,因为处理比阿特丽斯这熊一样的女孩这件事更加紧急。午餐的时候,罗伊在自助餐厅里找到了她。她和橄榄球队的其他三位女生坐在一起。尽管她们所有人看起来都又瘦又壮,但是其他三位女生没有比阿特丽斯那样让人害怕。

罗伊深吸了一口气,走过去,坐在了比阿特丽斯旁边。比阿特丽斯一脸难以置信地盯着他,而她的朋友们则觉得很有意思,她们一边饶有兴致地盯着罗伊,一边继续吃着午餐。

"你是有什么问题吗?"比阿特丽斯问道。她拿着烤猪肉三明治的手悬在餐盘和她的嘴之间。她冷笑着。

"我觉得你才是有问题的那个人。"罗伊微笑着说,其实这时他心里忐忑极了。比阿特丽斯的朋友们都大吃一惊。她们放下了刀叉,打算看看接下来会发生什么。

罗伊向前探了探身子。"比阿特丽斯,"他说道,"我不知道你为什么对校车上发生的事情那么生气,你既没有被别人掐住喉咙,也没有被打破鼻子。现在我想对你说:如果我做了让你不高兴的事,请原谅我,我不是故意的。"

很显然从没有人这么直接和比阿特丽斯说话,她看起来非常震惊。她的三明治依然悬在空中,烤肉酱从她的指尖流了下来。

"你体重多少磅?"罗伊很不高兴地问。

"你说什么?"比阿特丽斯结结巴巴地说。

"嗯,我整整九十四磅。"罗伊说,"我敢打赌你至少一百零五……"

比阿特丽斯的一个朋友咯咯地笑了,比阿特丽斯瞪了她一眼。

"……这意味着你可以在咖啡厅里吊打我一整天,

4 比阿特丽斯·利普

但这根本不能证明什么。"罗伊说,"下一次你遇到了问题,可以告诉我。我们可以坐下来,像文明人一样谈谈这个问题。好吧?"

"文明人?"比阿特丽斯重复着这个词,透过自己的红色边框眼镜瞪着罗伊。罗伊转眼看向她的手,上面滴着一团一团的烤肉酱。从她紧握的手指间可以看到湿漉漉的面包块和肉块——她愤怒地捏着三明治,最终把它捏烂了。

一个橄榄球队的女孩朝罗伊靠过来,说:"听着,大嘴巴。你最好赶快离开这里。一点都不好玩。"

罗伊平静地站了起来。"比阿特丽斯,我们说清楚了吗?如果有什么事情困扰你的话,现在你可以告诉我。"

比阿特丽斯这只大熊把剩余的三明治扔在餐盘上,用一大团餐巾纸擦了擦嘴。她一句话都没说。

"无论怎么样,"罗伊故意微笑了一下,"我很高兴我们借此机会对彼此的了解更进了一步。"

然后他走到餐厅的另一边,坐了下来,独自享用着自己的午餐。

加勒特偷偷溜进他母亲的办公室，把登记表上丹纳家的地址抄了下来，罗伊为此给了加勒特一美元。

罗伊母亲开车送罗伊回家时，罗伊把抄有地址的纸交给了母亲："我想在这里停一下。"他告诉她。

埃伯哈特太太瞅了纸一眼，说："好吧，罗伊，我们顺路。"她猜这个地址是罗伊朋友的，可能他要去拿课本或者家庭作业。

他们把车开进地址上房子的车道时，罗伊说："我就进去一会儿，马上出来。"

丹纳·马西森的母亲打开了门。很不幸的是，她和她的儿子长得很像。

"这里是丹纳的家吗？"罗伊问。

"你是谁？"

"我是他的同学。"

马西森太太哼了一声，转过身去，大声叫丹纳的名字。罗伊暗自高兴她没有邀请自己进屋。很快，他听到了沉重拖沓的脚步声，丹纳站在了门口。他穿着蓝色的长长的睡衣，看起来像一头北极熊。他肥胖的脸上贴着一堆厚厚的纱布，纱布上用胶带贴出了一个十字。他的两只眼睛都肿得厉害，周围还有紫色的淤伤。

罗伊站在那儿一句话都说不出来，很难想象他那一拳对丹纳造成如此大的伤害。

丹纳低着头看着他，带着鼻音，用尖细的声音说："你竟敢来这里。"

"不要着急，我找过来是想给你一样东西。"罗伊把装有道歉信的信封递给了丹纳。

"这是什么？"丹纳怀疑地问。

"你打开看看。"

丹纳的母亲出现在他的身后。"他是谁？"她问丹纳，"他来干什么？"

"没什么。"丹纳嘟囔了一声。

罗伊插嘴道："我就是那天差点被您儿子勒死的男孩，我当时打了他一拳。"

丹纳的肩膀僵硬了，他的母亲咯咯地笑了："你开玩笑吧！这个小笨蛋就是让你破相的那个人？"

"我是来道歉的。都写在这封信里了。"罗伊指着丹纳右手拿的那封信说。

"让我看看。"马西森女士把手放在丹纳的肩上，但是丹纳甩开了母亲的手,把信揉成了一团,握在拳头里。

"滚开,女牛仔。"他朝罗伊怒吼着,"我回学校之后再和你算账。"

罗伊回到车里之后,他的母亲问:"为什么那两个人在门口撕打?"

"那个穿睡衣的孩子就是在校车上掐我脖子的人,另一个是他的母亲,他们在抢我的那封道歉信。"

"哦。"埃伯哈特太太若有所思地透过车窗看着这个奇怪的场景,"希望他们不要伤到对方。他们长得都很壮实,对吧?"

"是啊,他们确实很壮实。妈妈,我们可以回家吗?"

5

胭脂鱼捕手

罗伊用一个小时飞快地完成了作业。从自己的屋里走出来时,他听到母亲正在和父亲通话。她说崔西中学因为丹纳·马西森的伤势,决定不惩罚他。很显然,学校不想刺激丹纳的父母,以防他们对学校进行起诉。

当埃伯哈特太太开始给丈夫讲述丹纳和他母亲在门口撕打时,罗伊悄悄地从后门溜了出去。他把自行车从车库里取了出来,然后骑走了。二十分钟之后,他来到了比阿特丽斯·利普上车的公交站,就是在那里,他展开了那场不幸的追逐。

罗伊来到高尔夫球场跑道之后,把自行车锁在了喷泉旁边，沿着之前他被高尔夫球击中的那条道路前行。下午已经过去一大半了，外面像桑拿房一样热，高尔夫球场上没有多少人。即使这样，罗伊跑步时仍然低着头，并且举起手臂，以防再被高尔夫球打中。他跑到一排澳洲松前，放慢了脚步，因为那个奔跑的男孩就是在这里消失的。

澳洲松被密密麻麻的巴西胡椒树和灌木丛包围着，看起来密不透风，罗伊在周围搜索，寻找一条小路或者有人走过的痕迹，他没有太多时间，因为天马上就要黑下来了。很快他决定放弃寻找灌木丛的入口，而是用自己的胳膊推开胡椒树，继续前行，他的胳膊被划伤了，脸颊也被树杈戳得很痛。他闭上眼睛，奋力向前。

渐渐地，树杈变少了，脚下的路开始向下倾斜。他没有站稳，顺着一条像隧道一样的沟，从灌木丛中滑了下去。

他滑到了底部，双脚踏在地面上，树荫中的空气格外凉爽，充满了泥土的气息。罗伊发现一些烧焦的岩石上覆盖着一层灰烬：有人在这里点过篝火。他蹲在小坑旁，研究周围堆积的尘土。他数了数，一共有六处一模一样的脚印，都是同一双赤脚留下的。他站在其中一双脚印旁，他的脚和这双脚印的大小差不多。

突然他灵机一动，大叫道："你好？你在那儿吗？"

没有回应。

罗伊缓慢地沿着河沟走着，寻找更多的线索。他在葡萄藤下找到了三个塑料垃圾袋，每个垃圾袋都系在葡萄藤上。在第一个袋子里放着日常的垃圾——苏打瓶、汤罐、薯片袋子、苹果核。第二个袋子装着一个男孩的衣服，整齐叠放的T恤衫，蓝色的牛仔裤，还有内裤。

但是罗伊观察到没有袜子，也没有鞋。

和其他的袋子不同，第三个袋子并没有被装满。罗伊松了松袋子口，向里面窥视着，但是他仍然看不清里面究竟是什么东西。无论是什么，这个袋子很重。

他想都没想就把袋子扣了过来，把里面的东西倒在了地上。一堆棕色的粗绳子掉了出来。

接着，这些绳子动了起来。

"噢！噢！"罗伊叫道。

是蛇——不是一般的蛇。

它们长着宽阔的三角形头部，就像蒙大拿草原上的响尾蛇一样。但是它们的身体是灰褐色的，粗壮得吓人。罗伊认出这些蛇是水生铜头蝮蛇，有剧毒。它们没有响尾，袭击之前不会有任何警示，但是罗伊发现它们短粗的尾巴上有蓝色和银色的斑点，就像被艺术家设计过一样。摸上去一定很奇特。

这些爬行动物在罗伊脚下逐步伸展开来，罗伊努力做到一动不动。一些水生铜头蝮蛇伸出了舌头并且舒展身体，而另一些则懒洋洋地弯曲着。罗伊数了数，一共有九条。

这可不是个好事。他想道。

突然罗伊听到后面的树丛中传来了一道声音，吓得他差点从鞋里跳出来。

"不要动！"这个声音命令道。

"我没有打算要动。"罗伊说，"我说的是实话。"

在蒙大拿的时候，罗伊曾经沿着松溪小径爬上了阿布萨罗卡山脉，从那里可以俯瞰天堂峡谷和黄石公园。

当时罗伊参加的是一次学校组织的旅行，一共有四名老师和大概三十名学生。罗伊故意放慢了脚步,走在队伍后面,趁其他人没有注意到他时,从队伍里溜走了。他放弃了熟悉的路,沿着树木茂密的山脊行走。他本想越过山顶,悄悄地走在其他学生前面,希望他们费力地走进营地后,却发现他已经在小溪边打盹。这样的场景一定非常有趣。

罗伊匆匆穿过一片茂密高耸的黑松林,斜坡上到处都是干瘪的树枝,以及易碎的枯木,还有很多冬天残留的雪迹。罗伊小心翼翼地走着,尽量不发出任何噪声,因为他不想让下面爬山的同学听到他的声音。

然而,罗伊太安静了。他走到一块空地,看到一头大灰熊和两只小熊崽。他与它们面对面站着,很难说到底是谁被谁吓了一跳。

罗伊一直期待在野外亲眼看到灰熊,但他的同学都说他是在做梦。他们说,也许在黄石公园可以看到,但在这里肯定没有。很多人一生都生活在西部,但是从来没有见过一头灰熊。

罗伊站在空地上,离他一百英尺远的地方确实有三头严肃的熊——它们用力闻了闻,怒吼着,用后脚站起来，打量着罗伊。

罗伊记得母亲在他的背包里塞了一瓶胡椒喷雾，他还记得之前读过的遇到熊该采取什么措施，这种动物的视力不好，遇到它们，人类最好保持安静，一动不动。

罗伊就是这样做的。

母熊眯起了眼睛，咆哮着，用鼻子嗅着风中的气味。然后它发出了一声尖叫，它的两只熊崽就乖乖地钻入了树林里。

罗伊使劲咽了一口唾沫，依然一动不动。

母熊站了起来，露出了一口黄色的牙齿，假装向他扑了过去。

罗伊的内心吓得发抖，但是表面上，他依然保持冷静，站在那里一动不动。母熊近距离地看着他，它的表情逐步变化，罗伊以为母熊判断出他是一个温顺的、微不足道的人，对母熊造不成威胁。在这令人心惊肉跳的几分钟之后，它大步离开了，朝它的幼崽走去。

罗伊依然不敢动一下。

他不知道野熊走了有多远，也不知道它们会不会再返回来追逐他。罗伊像一座塑料雕塑一样在山顶上站了两个小时二十分钟。直到他的老师找到了他,并且把他安全带回去。

由此可见,罗伊很擅长在遇到危险时一动不动,尤其是当他害怕的时候。罗伊现在害怕得不行,因为脚下有九条毒蛇。

"深呼吸一口气。"身后一个声音建议道。

"我试一试。"罗伊说。

"好的,现在数三下,慢慢地向后走。"

"哦,我不敢。"罗伊说。

"一……"

"等一下。"

"二……"

"求你了!"

"三。"

"我做不到!"

"三。"这个声音又说道。

罗伊跌跌撞撞地向后退,他感觉自己的双腿如同灌铅了一般。一只手抓住了他的衬衫,把他拽到茂密的胡椒树丛里。罗伊一屁股坐到泥土里,一个兜帽罩在他的脸上，他的胳膊也被拽到身后。罗伊还没反应过来，就被一根绳子绑住了手腕，并且被绑了两圈。最后罗伊被绑在一棵树的树干上。当罗伊扭动手指的时候，他可以感觉到光滑黏腻的树皮。

"到底怎么了！"他不高兴地问道。

"你得告诉我，"身后的声音靠近他说，"你是谁？为什么来这里？"

"我的名字是罗伊·埃伯哈特。有一天我在学校的校车上看到你在奔跑。"

"我不知道你在说什么。"

"实际上我看到你两次，"罗伊说，"我看到你在街道上跑得很快，我很好奇，你看起来有点……奇怪。"

"那不是我。"驯蛇人故意用沙哑的声音说——让自己听起来好像是个成年人。

"不，肯定是你。"罗伊说，"实话实说，我到这儿并不是想找你麻烦。能不能把这个面罩拿下来，这样我们彼此可以看到对方，好吗？"

罗伊可以听到男孩的呼吸，那个男孩说："你现在必须离开这里。马上离开。"

5 胭脂鱼捕手

"但是那些蛇怎么办？"

"它们是我的。"

"知道，但我的意思是——"

"它们不会跑远的，我一会儿就会抓住它们。"

罗伊说："我不是这个意思。"

男孩笑了："不要担心，我会把你带出去，只要按我说的走，你就不会被咬伤。"

"这是个什么样的男孩啊！"罗伊喃喃道。

男孩把他从巴西胡椒树上解开，扶他站起来。"我不得不承认，你做得很好。"男孩说，"大多数孩子都会被吓尿。"

"它们是水生铜头蝮蛇吗？"罗伊问。

"是的。"听到罗伊认出蛇的种类，这个男孩听起来很高兴。

"我住的地方，有很多响尾蛇。"罗伊主动说道，他想如果他主动友好地和这个男孩说话的话，也许这个男孩会改变主意，取下自己头上的头套。"我从来没有见过水生铜头蝮蛇的尾巴上有斑点。"

"它们要参加派对，现在你可以走了。"男孩从后面抓住罗伊,引导罗伊向前走。他抓得真的很紧。"走到树枝下的时候,我会告诉你弯腰。"他说。

面罩不是黑色的就是深蓝色的,罗伊没法透过厚厚的面罩看到任何东西。他蒙着眼睛跌跌撞撞地走在灌木丛里,好几次都差点被绊倒,但是那个光脚的男孩从后面拉着他,防止他摔倒。罗伊感到他们已经走出树丛了,因为空气变得温暖,地面也变得平坦。他可以闻到空气中高尔夫球场肥沃的草皮青草的气息。

很快他们就停了下来,男孩松开了罗伊的手。"不要转过来。"他说。

"你叫什么名字?"

"我现在没有名字了。"

"你一定有个名字,每个人都有一个名字。"

男孩哼了一声。"他们叫我胭脂鱼捕手。我还有更糟糕的名字。"

"你不是真的住在这儿吧?"

"这与你无关。我住在这儿又怎么样?"

"你一个人吗?你的家人呢?"罗伊问。

男孩轻轻地拍了一下他的后脑勺。"你怎么这么吵,你的问题太多了。"

"对不起。"罗伊注意到自己已经被松绑了,但他依然把手背在身后。

"你数到五十之后,再摘掉面罩。"这个男孩命令罗伊,"否则明天你起床之后就会看到你的床上爬着一条水生铜头蝮蛇。明白了吗?"

罗伊点了点头。

"好。现在开始数数。"

"一、二、三、四……"罗伊大声地数着。当他数到五十的时候,他摘下了面罩,转了一圈。他发现自己独自一人在练习场中央,周围几英亩都是高尔夫球场。

那个光脚的男孩又一次离开了。

罗伊一路跑回自己的自行车旁边,以最快的速度骑回了家。他并没有感到害怕,也没有失望,反而比之前更兴奋了。

6

第三起破坏案件

第二天吃早餐的时候,罗伊问,如果一个孩子像他这么大,不去上学是不是违法的。

母亲说:"哦,我不知道有没有这样的法律,不过……"

"有这样的法律。"他的父亲插话道,"他们这叫逃学或者旷课。"

"他们会被送到监狱吗?"罗伊问道。

"通常情况下,他们只会被送回学校。"埃伯哈特先生说道。接着他半开玩笑问道:"你不是想辍学吧?"

罗伊说不是的,学校很好。

6 第三起破坏案件

"我知道你为什么问这个问题。"埃伯哈特太太说道,"你担心再次碰到那个叫马西森的男孩。我就说你那封道歉信写得太强势了。"

"那封信写得很好。"罗伊的父亲说,随后他展开了一张报纸。

"如果那封信写得很好,为什么罗伊会感到害怕?为什么他想到了辍学?"

"我没有害怕。"罗伊说,"我不想离开崔西中学,只是……"

他的母亲盯着他看,问道:"那是因为什么?"

"没什么,妈妈。"

罗伊决定不告诉父母他与胭脂鱼捕手——那个奔跑的男孩相遇的事。罗伊的父亲在司法部工作,因而需要向上报告所有的犯罪,甚至包括旷课。罗伊不想让那个孩子遇到麻烦。

"看看这个。"埃伯哈特先生说道,他开始大声读起了报纸,"'周一早上,椰子湾的一位警察的巡逻车停靠在了东金莺街上的一个施工工地,却遭到了破坏。警局的发言人说,那位警察当时在车里睡着了。'你们相信这则新闻吗?"

罗伊的母亲咯咯地笑了起来:"值班的时候睡觉?真丢人。他们应该把他解雇了。"

罗伊觉得这个故事非常有意思。

"还有更有意思的呢。"他的父亲说,"听着:这件事发生在清晨,太阳升起之前,一名搞恶作剧的人悄悄地潜到这辆警车附近,把所有的车窗都涂成了黑色。这可是一辆 2001 年的维多利亚皇冠警车。"

罗伊嘴里嚼着葡萄干燕麦,被这个新闻逗得大笑起来,牛奶顺着他的下巴流下来。

埃伯哈特先生也微笑着继续说道:"椰子湾的警局局长梅尔·迪肯拒绝透露那个睡觉警官的名字,只说这名警官是调查小镇破坏财物案件的警察之一。迪肯说这名警官最近感冒了,因为吃了药,所以在车里睡着了。"

罗伊的父亲从报纸上抬起眼睛:"吃药了,哈哈!"

"这个故事还说了些啥?"埃伯哈特太太问道。

"让我看看……报纸上说这是这个地方这周发生的第三次袭击事件,本来这里要修建宝拉妈妈的全美煎饼屋。"

罗伊的母亲高兴了起来。"椰子湾要盖一家宝拉妈妈煎饼屋吗？那太好了。"

罗伊用餐巾纸擦了擦下巴。"爸爸，那边还发生了什么？"

"我也在想这件事。"埃伯哈特先生扫了报纸一眼，看到文章的最后，"是这样：上个周一，一名非法入侵者把建筑工地上的所有测量桩都拔了出来。四天之后，这名入侵者进入工地，在三个便携式厕所里放了鳄鱼。据警察报道，这些鳄鱼没有受到任何伤害。这些鳄鱼被捕获后，都被放生到附近的运河里。警方现在还没有抓到破坏者。"

埃伯哈特太太站了起来，开始收拾餐桌上的餐碟："鳄鱼！"她说，"天啊！之后还会有什么呢？"

埃伯哈特先生把报纸卷了起来，扔在了厨房的柜台里。"罗伊，事实证明，这是一座很有意思的小镇，对吗？"

罗伊拾起了报纸，自己读了起来。东金莺街听起来很熟悉。罗伊读到这个故事时，想起来自己在哪儿看到过类似的路牌了。比阿特丽斯·利普上车的公交站就在主公路的另一头，西金莺街附近，他就是在那里第一次看到那个奔跑的男孩的。

"这篇文章没写这些鳄鱼有多大。"罗伊评论道。

他的父亲咯咯地笑了起来："儿子，我认为这不重要，我觉得鳄鱼在便池里就够让人害怕了。"

警监说："戴维，我读了你的报告。你还有什么要补充的吗？"

德林科警官摇了摇头，他的手平放在大腿上，他能说什么呢？

他的警司开口了："戴维已经明白了事情的严重性。"

"准确地说这件事更令人尴尬。"警监说道，"局长给我发了邮件，也给我发了短信，这可不是什么好事。你们读了报纸吗？"

德林科警官点了点头，那篇文章，他读了一遍又一遍。每次读他都感到自己的胃在翻腾。

"你可能注意到报纸上没有提到你的名字。"长官说,"那是因为我们拒绝向媒体透露你的姓名。"

"明白,谢谢您。"德林科警官说,"真的很抱歉,长官。"

"你读了迪肯局长在报纸上的解释了吗?你接受这个解释吗?"

"长官,说实话,我没有感冒。而且昨天,我也没有吃药……"

"戴维,"警司插话道,"如果局长说你吃感冒药了,那你一定吃感冒药了。如果局长说你因为这个在警车里睡着了,那一定就是这么回事。明白了吗?"

"好的,明白了,长官。"

警监拿起一张黄色的纸条,说:"这是福特汽车经销商开出的四百一十美元的修车账单。他们把黑色的油漆从车窗上擦掉了,这是一个好消息。虽然他们用了一天的时间,但是还是弄好了。"

德林科警官确信警监打算把那张账单递给他,但是警监并没有。警监把这张账单放到了德林科的档案里,档案在桌子上打开着。

"德林科警官,我不知道该拿你怎么办,真的不知道。"警监用慈父般失望的语气说。

"对不起，这样的事不会再发生了，长官。"

德林科警官的警司说道："长官，我必须告诉您戴维之前曾经主动提出视察施工工地的情况。而且他早上早早就过去了，当时甚至不是上班时间。"

"不是上班时间？"警监抱起了手臂，"这确实值得称赞。戴维，你为什么要这么做？"

"因为我想抓住犯人。"德林科警官回答道，"我知道目前这起案子是对您和局长来说头等重要的案子。"

"就只为这个原因？你没有什么私心吗？"

现在有了，德林科警官想道，现在所有人都在笑话我。

"没有，长官。"德林科警官说。

警监把他的注意力转向了警司。"好吧，无论我们愿不愿意，都得给德林科警官一点惩罚，局长现在为此非常头疼。"

"我同意。"警司说道。

德林科警官的心沉了下来，任何处分都会被记录在他的档案中，这些记录会严重影响他日后的升职。

"长官，修车的钱我自己付。"德林科警官主动提议道。四百一十美元对他来说是一个不小的数目，但是为了可以有一个干净的档案，花多少钱都是值得的。

警监说德林科警官没必要自己掏所有的修车费——这样也不能让局长满意。"所以我决定让你做文职。"警监说，"做一个月。"

"戴维可以接受这个调动。"警司说道。

"那关于宝拉妈妈这个案子的调查该怎么办呢？"德林科警官问道。

"不要担心，我们可以处理的。我们会让人半夜起来巡逻。"

"好的，长官。"想到自己将被困在桌子上做文案工作，德林科警官不由得感到十分沮丧，这一个月什么都不能做，简直太无聊了。不过，这样的处罚总比被开除要好多了。坐在家里总比坐办公桌前更糟糕。

警监站了起来，这意味着会议结束了，他说："戴维，如果这样的事再发生的话……"

"不会的，我保证。"

"如果再有下一次，你一定会在报纸上见到你的名字。"

"是的，长官。"

"到时候报道的标题就会是：德林科警官被停职。你听明白了吗？"

德林科警官感觉有些心惊肉跳。"长官，明白了。"他平静地对警监说。

他在寻思那些给自己的维多利亚皇冠车喷油漆的人是否知道他们给自己造成了多大的麻烦。"我的整个职业生涯都岌岌可危。"德林科警官生气地想道。全都是因为某个自作聪明的少年犯。德林科警官下决心要当场逮住这些搞恶作剧的人。

在长官办公室门外的走廊里，警司对他说："你可以去汽车修理厂取车，戴维，记住，你不再是巡警了。也就是说你只能开车上下班，仅此而已。"

"好吧。"德林科警官说，"只能开车上下班。"

他早已想好了一条新的上班路线，可以经过东金莺街和伍德伯里街的拐角处，也就是修建宝拉妈妈全美煎饼屋的施工工地。

没人说他不可以一大早就从家里出发，也没人说他不能绕路去上班。

丹纳·马西森还没有去学校。罗伊松了一口气,但是却没有感到丝毫轻松。丹纳·马西森在家里待的时间越长,他回到崔西中学之后对自己的霸凌就会越厉害。

"你还有时间从这座小镇里消失。"加勒特建议道。

"我不会逃跑的,该发生的已经发生了。"

罗伊并不是想装成很酷的样子,关于丹纳,他想了很多,他们免不了要再见面的,但是罗伊只想就此结束,他并不自负,而是有一种固执的骄傲。他不想他后半生都蜷缩在厕所里,或者从大堂里偷偷地溜出去,只是为了躲避某个霸凌自己的人。

"也许我不该告诉你这个。"加勒特说,"一些孩子在拿你和丹纳打赌。"

"太好了。他们是不是在赌丹纳会不会揍我一顿?"

"不是,他们在赌丹纳会揍你几次。"

"真好。"罗伊说。

事实上,和丹纳·马西森的争吵间接带来了两件好事:第一件好事是罗伊在高尔夫球场成功地追踪到那个没穿鞋的男孩的行迹；第二件好事是副校长禁止罗伊在两周之内乘坐校车。

由妈妈开车来接他的感觉真的很好，罗伊可以和妈妈在车上聊天，而且可以比往常早二十分钟到家。

罗伊和妈妈进门的时候，电话铃响了。加利福尼亚的姨妈打来了电话。趁着这个机会，罗伊从自己的屋里拿出一只硬纸板鞋盒，悄悄地从后门溜了出去。

他再一次前往了高尔夫球场，但是这次他稍微绕了一段弯路。他没有向左拐去西金莺街附近的公交车站，而是穿过主公路来到了东金莺街。他经过不到两个街区，就来到了一片被灌木丛覆盖的工地上，在工地的角落里停着一辆凹陷的工作拖车。

拖车旁停着一辆蓝色的皮卡，不远处停着三辆推土机和一排便携式厕所。罗伊觉得这就是警车车窗被喷上黑漆，以及鳄鱼被放到便池里的地方。

罗伊刚停下自行车，拖车的门就打开了，一个矮胖的秃顶男人走了出来。他穿着贴身的棕褐色工装裤，还有一件胸前绣着名字的棕褐色衬衫。罗伊离得太远了，没有看清楚上面写的是什么。

6 第三起破坏案件

"你想干什么?"这位男士厉声说道,他的脸因愤怒而涨得通红,"嘿,孩子,我在和你说话呢!"

罗伊心想:他怎么了?

这个男人走到他面前,指着罗伊的鞋盒说:"这里是什么?"男人大喊道。"你和你的小伙伴们今晚又计划做什么,哼?"

罗伊掉转了自行车头,开始疯狂地骑了起来。那个男人看起来像个神经病。

"这就对了,你最好再也别回来!"那个秃顶男人挥舞着拳头大叫道,"下一次会有看门狗等着你。它将会是你见过的最凶的狗!"

罗伊快速地骑着,他没有转弯,天边的乌云弥漫开来,有一滴雨珠落在了罗伊的脸上。远处传来了滚滚的雷声。

罗伊骑着自行车穿过了主公路,来到了西金莺街,继续向前骑。罗伊再次来到高夫尔球场时,天上下起了绵绵细雨。罗伊跳下自行车,用两只胳膊护住鞋盒,开始在荒芜的草地和球道上跑了起来。

罗伊来到了茂密的胡椒树丛中,就是上次他见到胭脂鱼捕手的地方。罗伊已经准备好再次被蒙上眼睛和捆住手——罗伊甚至提前准备了一段话来应对这个情况。罗伊决定说服胭脂鱼捕手让他相信自己是值得信赖的。如果胭脂鱼捕手需要，罗伊想帮助胭脂鱼捕手而不是找麻烦。

罗伊穿越茂密的树丛，并且从地上抓起了一根枯树枝，这根树枝非常粗壮，足够吓跑一条水生铜头蝮蛇，不过他希望没有这个必要。

当罗伊走到河沟的时候，他找不到任何尾巴上有圆点的毒蛇的痕迹。那个奔跑的男孩所居住的营地已经不在了——周围都被清理了。所有的塑料袋都被拿走了，火坑也被填埋了。罗伊用手里的枯树枝在松软的尘土底下翻找了一阵子，还是没有找到任何线索。他闷闷不乐地检查了一下周围是否有脚印，但一个也没找到。

胭脂鱼捕手没有留下任何痕迹地离开了。

罗伊再次回到高尔夫球道上的时候，闪电撕裂了紫色的天空，瓢泼大雨劈头盖脸地打在他身上，闪电在附近噼里啪啦地作响。罗伊打了个寒战，拔腿就跑。在打雷的暴风雨中，最糟糕的地方就是高尔夫球场了，尤其是站在高尔夫球场的树底下。

他一边跑，一边用手捂住耳朵，每一阵雷声都让他心惊胆战。他对自己偷偷溜出房子的行为感到愧疚。他的母亲发现他在这种天气外出的话，一定会急出病来。现在她很可能正开着车，到处寻找罗伊，这个想法让罗伊感到非常不安。他不想让自己的母亲开车来到这个危险的地方，雨下得这么大，她根本看不到前面的路。

尽管罗伊全身湿透，而且精疲力竭，他仍然强迫自己快跑。在倾盆大雨中，他眯着眼睛一边跑一边想着：就快到了。

他试图寻找他停靠在喷泉旁的自行车，终于，又一道闪电照亮了高尔夫球道，他可以看到前方二十码远的道路。

但是，他的自行车不见了。

一开始，罗伊以为自己记错了地方，他之前没把自行车放在这里。他想自己一定是在暴雨中迷失了方向。然而，他认出了附近的一个公用设施棚和一个卖汽水的木制售货亭。

就是这个地方，没错。罗伊站在雨中，痛苦地盯着自己丢自行车的地方,平常他都会很小心地锁上自行车,而今天,他太着急了。

现在车子不见了。毫无疑问,一定是被偷了。

为了避雨,罗伊冲到了木制售货亭下。湿漉漉的鞋盒在他手里快要裂开了。回家的路很长,罗伊知道在夜色降临之前自己根本回不去。他的父母一定会急疯的。

罗伊在售货亭下站了十分钟,浑身湿漉漉的,等待雨势减弱。闪电和雷声似乎向东边滚去了,但是雨水并没有停。终于罗伊从售货亭下走了出来,低着头,朝着家的方向艰难地跋涉着。每走一步都溅起一堆水花,雨水沿着他的额头流下来,他的睫毛也沾湿了,罗伊真的希望这时自己可以戴一顶帽子。

终于他走到了人行道上,他想跑,但是感觉就像在无边无际的湖泊里游泳一样,罗伊注意到佛罗里达州有一个特点:这里又低又平,地面上的水滩需要花费一个世纪才可以被晒干。他步履蹒跚地向前走,来到第一次看到那个奔跑的男孩的公交车站,罗伊没有停下脚步也没有四处看。随着时间一分一秒地流逝,天色变得越来越黑。

当他转过西金莺街和主公路的路口处时，街上的路灯突然亮了起来。

哦，天啊。他想道，真的很晚了。

两旁路上的交通都很繁忙，车辆在雨水中川流不息，罗伊耐心地等待着，每辆车驶过时都会把水溅到他的腿上，他已经不在乎了，因为他全身都湿透了。

罗伊决定从车流的缝隙里钻过去。

"小心！"他身后的一个声音说。

罗伊跳回路边，转过身来，是比阿特丽斯·利普，她正坐在罗伊的自行车上。

她说："女牛仔，你的鞋盒里装的是什么？"

7

分享秘密

这下罗伊知道他的自行车是怎么丢的了。

和所有的学生一样,比阿特丽斯这只大熊就住在学校公交站的附近,罗伊很可能刚巧路过她家,被她发现了,她就悄悄地跟着他来到了高尔夫球场。

"这是我的自行车。"他对她说。

"是的,是你的自行车。"

"我可以拿回来吗?"

"一会儿可以。"她说道,"跳上来。"

"什么?"

"你个傻瓜,跳到把手上。坐在把手上,我带你去个地方。"

罗伊遵照她的话去做了,他想拿回自行车然后回家。

罗伊曾经在蒙大拿州陡峭的山路间骑了两年自行车。这段经历让罗伊成了一名很好的自行车骑手,但是比阿特丽斯·利普骑得更棒。她可以毫不费力地快速驶过地面上的水坑,仿佛罗伊根本没有重量一样。罗伊抱紧了鞋盒,紧紧地趴在把手上。

"我们去哪儿呀?"他大喊道。

"闭嘴。"比阿特丽斯说。

她飞快地穿过高尔夫球场的砖砌路口,很快就骑到了一条土路上。这条路上既没有路缘石,也没有路灯。自行车颠簸地穿过泥泞的坑洼,罗伊小心翼翼地坐好,生怕自己被从车上颠下去。雨渐渐变小了,空气里泛起了薄薄的雾气。罗伊的衬衫都湿透了,贴在他的身上,让罗伊感觉很冷。

比阿特丽斯在一圈高高的铁丝网栅栏前停了下来,罗伊注意到有一小部分铁丝网被钳子拧断了,这样就可以把铁丝网拉开一个洞。罗伊从自行车的把手上跳了下来,整了整自己的牛仔裤,因为牛仔裤已经粘住了他的屁股。

比阿特丽斯把自行车停在了旁边，示意罗伊跟着她钻进铁丝网的洞里。他们来到了一个垃圾场，里面到处都是损坏的汽车，成堆成片的，数也数不清。在暮光之下，罗伊和比阿特丽斯在垃圾场里蹑手蹑脚地走着，从一辆锈迹斑斑的汽车后面冲到另一辆锈迹斑斑的汽车后面，从比阿特丽斯的表现来看，罗伊觉得这里还有其他人。

很快，他们来到了一辆用煤渣块支撑着的老式卡车前，破旧的遮阳篷上的红字几乎看不清楚了，依稀可见：乔乔冰激凌和蛋卷甜筒。

比阿特丽斯上了车，把罗伊也拉了上去。她领着罗伊穿过一道窄门，走到了车厢后方，那里堆满了纸板箱、盒子和衣服。罗伊注意到角落里还有一个睡袋。

比阿特丽斯关上了门，他们彻底陷入了黑暗当中，伸手不见五指。

他听到比阿特丽斯说："给我看看你的鞋盒。"

"不行。"罗伊说道。

"埃伯哈特，你不怕我把你的上门牙打下来吗？"

"我不怕你。"罗伊撒谎道。

冰激凌卡车里闷得令人喘不过气来,而且格外潮湿,蚊子在罗伊的耳朵边嗡嗡直响,罗伊盲目地拍打着它们。罗伊在卡车里闻到了一股奇怪而熟悉的味道——是饼干的味道。这个味道很香,就和罗伊母亲给他做的饼干的味道一模一样。

手电筒刺眼的光束正好照在罗伊的脸上,他扭过头去。

"最后问你一遍。"比阿特丽斯用带有威胁的口吻说,"鞋盒里是什么?"

"鞋。"罗伊说。

"我不相信。"

"是真的。"

比阿特丽斯从罗伊手里抢过了鞋盒,打开它,用手电筒照着,看里面有什么。

"我和你说过了。"罗伊说。

比阿特丽斯怒喝道:"你为什么出来还多带了一双运动鞋?这真的很奇怪,女牛仔。"

"这双鞋不是我要穿的。"罗伊说,这双鞋几乎是新的,罗伊只穿过几次。

"那是给谁的?"

"给我见到的那个男孩的。"

"哪个男孩?"

"我在学校跟你说过,那天在你上车的公交站旁奔跑的那个男孩。"

"哦!"比阿特丽斯讽刺地说道,"就是你本该管好自己的事的时候去追逐的那个男孩。"她关掉了手电筒,周围再次陷入了黑暗。

"无论如何,从某种程度上说,我最终还是见到了他。"罗伊说。

"你还没有放弃,对吗?"

"你看到了吗?那个孩子需要一双鞋子,否则他会踩到碎玻璃或者钉子上……甚至水生铜头蝮蛇上。"

"你怎么知道他需要一双鞋子,埃伯哈特?也许没有鞋子他可以跑得更快。"

罗伊不知道比阿特丽斯有什么问题,但他知道自己已经误了晚餐,父母正在疯狂地寻找他。他打算等比阿特丽斯一打开手电筒,就找机会逃出去。也许自己可以把她打倒,拿回自行车,这样他就可以离开了。

"无论如何,"罗伊说,"如果他不需要鞋子的话,我就自己留着,如果他需要,这双鞋很适合他,他和我一样高。"

在黑暗中,只有一阵沉默。

"比阿特丽斯,如果你想打我的话,能不能快点,然后我们就此了结了可以吗?我的爸爸和妈妈可能已经报警了。"

接下来是更沉重的沉默。

"比阿特丽斯,你醒着吗?"

"埃伯哈特,你为什么那么关心那个男孩?"

这个问题问得很好。罗伊也不知道该如何回答。那个男孩在学校公交站旁跑过时,眼神里有一些特别的东西,比如决心、意志,总之令人难忘。

"我不知道,"罗伊对比阿特丽斯说,"我不知道为什么。"

比阿特丽斯再次打开了手电筒。罗伊爬向门口,但比阿特丽斯冷静地抓住他的牛仔裤,把他拽了回来,让他坐到她旁边的地板上。

罗伊坐在那儿气喘吁吁,等着被一顿暴打。

然而,比阿特丽斯似乎并不生气。"这鞋是多大号的?"她抓住球鞋问道。

"九号的。"

"嘘。"

在手电筒的光亮中,比阿特丽斯把手指放在嘴边,指了指后面。接着,罗伊听到外面传来脚步声。

比阿特丽斯关上了手电筒,静静地等着。外面砾石上的脚步声听起来又沉闷又笨重,像一个大个子的脚步声。他移动的时候,什么东西也哗哗直响。可能是一串钥匙,也可能是口袋里的硬币。罗伊屏住了呼吸。

当守夜人走近冰激凌车时,他敲了敲一块挡泥板,听起来像是用烟斗敲的。罗伊跳了起来,但是没有发出任何声音。幸运的是,守夜人走开了。他时不时就用烟斗敲敲其他的车,好像想把阴影里的什么东西吓出来一样。

那个守夜人走了之后,比阿特丽斯小声说道:"让警察送你回家。"

"我们在这里干什么?"罗伊虚弱地问。

在黑暗里,他听到比阿特丽斯这头熊站了起来。

"女牛仔，我告诉你我要干什么。"她说，"我要和你达成一个协议。"

"说吧。"罗伊说。

"我会把这双鞋给那个没穿鞋的男孩。但是你必须向我保证不要招惹他，不要再偷窥他在干什么。"

"你真的认识他！"

比阿特丽斯把罗伊扶起来。

"是的，我认识他，"她说，"他是我的弟弟。"

下午四点半，到了戴维警官下班的时间，但他的桌子上依然有堆积成山的文件没有处理完。他需要填很多表格和报告，解释他的警车发生了什么事。他不停地写着，手腕开始发酸。六点的时候，他决定回家。

汽车修理厂就在几个街区之外，但是德林科警官走出办公室的时候，外面正下着瓢泼大雨，他不想让自己的警服被淋湿，就在屋檐下等着。他正好站在"椰子湾公共安全部门"的"公"字下面。

很多城市称呼警局为公共安全部门，试图用这个词语为警局创造一个更柔和、更友好的形象。和大多数警官一样，戴维·德林科认为这样改名没有任何意义。警察就是警察。在危险中，没有人会大叫："快点，找公共安全部门！"

"快叫警察！"人们总是这么大喊道——而且永远都是这么叫的。

戴维·德林科是一个骄傲的人，他的父亲曾是俄亥俄州克利夫兰的抢劫案的侦探，而他的哥哥是劳德代尔的一位凶杀案侦探——戴维·德林科热切地期盼自己有朝一日也可以成为一名侦探。

他难过地意识到自从那天发生事故起，自己离梦想越来越远了，真的得"感谢"煎饼屋施工工地的破坏者。

德林科警官一边沉思着自己的处境，一边看着瓢泼大雨倾泻下来。突然，一道闪电击中了街道尽头的一根电线杆。德林科警官赶忙退回到总部的大厅里，天花板上的灯闪了两下，最终熄灭了。

"哇，被闪电击中了。"德林科警官自言自语道。没有办法，只能等风暴过去。

他不由得回想起在宝拉妈妈建筑工地上发生的奇怪案件。首先，有人把测量桩拔了出来；然后，又把鳄鱼放到了便携式厕所里；最后当他在车里睡觉的时候，这人又把车窗都喷成了黑色——这是一次胆大妄为的犯罪行为。

虽然还很不成熟，但是非常大胆。

据德林科警官的经验，孩子通常不可能这么执着，这么胆大，在典型的青少年犯罪的案例中，通常都是一个青少年团伙作案，每个人都想向其他人证明自己多么胆大。

但是这个案例并不是那么典型，德林科警官想道。很可能这只是一个人干的，或者出于报复，或者为了一个使命。

过了一会儿，狂风开始平息了，雷云从市中心散去。德林科警官用报纸遮住头部，快步冲向汽车修理厂。到了之后，他刚擦亮的皮鞋沾满了泥水。

维多利亚皇冠车，看着和刚买来一样崭新崭新的，停在锁着的大门外。德林科警官让车库主管把车钥匙藏在油箱盖里，但是主管却把它插在点火器上，任何人路过都可以开走它。车库主管也许认为没有人会疯到偷一辆被标记的警车。

德林科警官启动了汽车，向自己的公寓驶去。他顺路转弯到煎饼屋的施工工地，但是那里一个人都没有。他一点都不惊奇，罪犯和守法的公民一样不喜欢糟糕的天气。

即使下班了，德林科警官依然开着警察录音对讲机，这是那些开警车的巡警必须遵循的严格规定——必须时刻保持警惕，以防某个同志需要帮助。

今天调度员报告了几场小型车祸，以及当地一个男孩在暴风雨中骑自行车失踪了。这个男孩的名字可能叫罗伊。收音机里的静电声刺刺地响，让人听不清楚这个男孩的姓。

他的父母一定着急得像热锅上的蚂蚁，德林科警官想道，但是这个男孩一定是安全的。也许他正在购物中心购物，等着雷雨停下来。

十分钟之后，德林科警官依然想着那个失踪的男孩。突然，他看到在西金莺街和主公路的交叉路口上站着一个纤细的、被雨淋透的男孩。这个男孩符合调度员描述的那个走失男孩的特征：大约五英尺高，九十磅重，有一头棕色的头发。

7 分享秘密

德林科警官把车开到路边,他拉下窗户,朝着交叉路口喊道:"嘿,年轻人!"

男孩挥了挥手,朝德林科警官走来。德林科警官注意到他骑着一辆自行车,但是后胎没气了。

"你是罗伊吗?"警官问。

"我是。"

"我把你送回家怎么样?"

男孩带着他的自行车穿过了马路,他的自行车刚好可以放在宽敞的维多利亚皇冠轿车里。德林科警官朝着对讲机对调度员说他已经找到了走失的男孩,一切都很顺利。

"罗伊,你的父母看到你将会非常高兴。"他说。

男孩紧张地笑着:"您说得对。"

德林科警官没有说话,他内心很高兴,对一个被困在办公室值班的人来说,这一天这样结束还真的很不错!也许这件事可以帮助他摆脱长官的冷眼。

罗伊从来没有坐过警车。他坐在前座,年轻的警官旁边。这位警官一直都在说话。罗伊试图表现得很礼貌,努力接上警察的话茬,但是他的脑海里不停地回想着比阿特丽斯·利普告诉他的关于那个奔跑的男孩的事。

"其实,他是我继母的儿子。"比阿特丽斯说道。

"他叫什么名字?"

"他不要他的名字了。"

"为什么别人叫他胭脂鱼捕手?他是一名印第安人吗?"[①]在博兹曼上学的时候,罗伊就认识一个叫三鸦·查理的男孩。

比阿特丽斯·利普大笑了起来。"不,他不是印第安人!我叫他胭脂鱼捕手,是因为他徒手就可以抓住胭脂鱼。你知道这有多难吗?"

胭脂鱼是一种滑溜溜的、自由跳跃的诱饵鱼,它们成群结队地游动。每到春天,椰子湾的海湾到处都是这样的鱼。通常情况下,人们都是通过撒网来捕鱼。

"为什么他不住在家里?"罗伊问比阿特丽斯。

"这个故事很长,而且与你无关。"

[①] 印第安人的名字常常包含动物元素,如"胭脂鱼捕手"和"三鸦·查理"。

7 分享秘密

"为什么不上学呢?"

"我的弟弟从'特殊的学校'里溜了出来。他整整跑了两天,然后他从亚拉巴马州的莫比尔一路搭便车回来。"

"你们的父母知道吗?"

"他们不知道他在哪儿,我也不准备告诉他们。你也必须保密,知道吗?"

罗伊郑重其事地点了点头。

他们从汽车垃圾场中偷偷溜出来之后,比阿特丽斯·利普递给了罗伊一块花生饼干,他狼吞虎咽地吃着。在这个时候,这是他吃过的最好吃的饼干。

比阿特丽斯问罗伊准备如何向父母解释他去哪儿了,罗伊承认他还没有想好。

接着比阿特丽斯表演了一个惊人的壮举——她抓住他的自行车轮胎,用牙齿把后轮胎咬了个洞,就像咬比萨一样。

罗伊目瞪口呆地看着她,那个女孩的下巴像狼獾的一样结实。"好的!你的轮胎爆了。"她说道,"这是一个向你父母解释你误了吃晚餐的好理由。"

"谢谢。我觉得这个理由很不错。"

"好了，你还在等什么？快离开这里。"

这一家人真的很奇怪，罗伊想道。他脑海里正回忆着比阿特丽斯用牙咬轮胎的情景，这时他听到警官说道："年轻人，我可以请你办件事吗？"

"当然可以。"

"你在崔西中学上学，对吗？我想知道你在学校有没有听说新煎饼屋的施工工地发生了一些事情？"

"没有。"罗伊说，"但我读了报纸上的新闻。"

警官不自然地扭了扭身子。

"还有鳄鱼。"罗伊补充道，"还有警车的窗户被喷上了油漆。"

警官咳嗽了几声，停顿了一下，接着说："你确定学校里没人谈论这些吗？有些时候，一些孩子喜欢搞恶作剧，然后到处炫耀自己。"

罗伊说他一点都没听说过。"这是我家所在的街道。"他指着前方说道，"左边的第六座房子。"

警察开车进入埃伯哈特家的街道，然后停了下来，说："罗伊，我可以请你帮个忙吗？如果你听到了关于宝拉妈妈煎饼屋的什么事，可以给我打电话吗——任何事情都可以，谣言也行。这件事非常重要。"

警官递给了罗伊一张名片："这是公共电话，这是我的手机。"

在电话号码上方，名片上写着：

戴维·德林科警官

巡逻队

椰子湾公共安全部门

"你任何时候都可以给我打电话。"德林科警官建议道，"只需要睁大眼睛，竖起耳朵，好吗？"

"好的。"罗伊说道，但显得不那么热情。德林科警官要让罗伊做警察的线人：做告发自己同学的人。回家的车费似乎太高了。

并不是罗伊没有感恩的心，而是他觉得除了对警官真诚地说一句"谢谢"之外，自己不欠他。难道警察的工作不就是帮助普通人吗？

罗伊下了车，朝自己的父母挥了挥手，他们正站在房子前面的台阶上。德林科警官把罗伊的自行车从后备厢里拿出来,把它支在地上。"现在,你可以走了。"警官说。

"谢谢。"罗伊说。

"他们会在埃克森石油公司给你补轮胎的。你的轮胎是扎了钉子吗?"

"好像是。"

罗伊的父亲走到警察跟前,感谢警察把他的儿子送回了家。罗伊无意中听到两个人的闲聊,罗伊的父亲告诉警官自己在司法部门工作。

埃伯哈特先生去把罗伊的自行车放到车库,德林科警官低声对罗伊说道:"嘿,年轻人。"

现在又怎么了?罗伊想道。

"能不能麻烦你爸爸给警局局长写一封信?或者给我的警司写一封信?不用长篇大论,就是简单地写写今晚发生了什么。这样他们就可以把这封信永久地放入我的档案里。"德林科警官说道,"这件小事真的可以帮我大忙。真的,它可以记入我的档案。"

罗伊不动声色地点了点头:"我去告诉他。"

"太棒了,你真是个可靠的小伙子。"

德林科警官回到了他的警车上,埃伯哈特太太从屋里拿出了一条毛巾,走上前去,握了握巡警的手:"我们都急疯了。非常感谢您。"

"哦,这没什么。"德林科警官朝罗伊眨了眨眼。

"您让我恢复了对警察的信心。"罗伊的母亲继续说,"实话实说,读了报纸上的那篇荒唐的报道,我都不知道该怎么想。就是那篇关于一位警察让警车的窗户被喷上了黑漆的报道!"

罗伊注意到德林科警官瞬间看起来很不自在。"祝你们晚上过得愉快。"他向埃伯哈特一家人说道,然后启动了汽车的发动机。

"您知道那位警官后来怎么样了吗?"罗伊的母亲天真地问,"就是在警车睡觉的那位,他怎么样了?他被辞退了吗?"

随着轮胎转动刺耳的橡胶摩擦声响起,德林科警官把车倒出了车道,然后开走了。

"也许他有急事。"埃伯哈特太太看着警车的尾灯消失在夜色里,说道。

"是的。"罗伊笑道,"也许是这样的。"

8

恶犬

罗伊决定信守诺言。他没再去找比阿特丽斯的弟弟，尽管做到这一点真的很难。

罗伊一直待在家里的另一个原因是糟糕的天气，连续三天都是暴雨天气。电视新闻报道，一股热带风暴在佛罗里达州南部停滞不前，降雨量预计将达到八到十二英寸。

当然，即使是大晴天，罗伊也哪儿都不想去。维修站的工作人员告诉罗伊被扎破的自行车胎已经修不了了。

"你们家是不是养了一只宠物猴子？"工作人员问

罗伊的父亲。"我在车胎侧面看到了牙印。"

罗伊的父母没有问罗伊发生了什么。在蒙大拿州住了那么久,他们经常会遇到爆胎的情况。他们已经预订了一个新轮胎,在新轮胎到货之前,罗伊的自行车只能停放在车库里。一个大雨倾盆的下午,罗伊待在家里做完了家庭作业,开始读一本关于牛仔的小说。他看向窗外,满地都是水坑。这让罗伊比任何时候都怀念蒙大拿州的山地。

周四,罗伊的母亲开车接罗伊的时候,说她有个好消息:"你可以再次乘坐校车上学了!"

罗伊还没有丝毫心理准备。"为什么?发生什么了?"

"我想亨内平小姐重新评估了这起事件。"

"为什么呢?您给她打电话了吗?还是怎么了?"

"事实上,我和她谈了很多次。"罗伊的母亲承认道,"亲爱的,这事关是否公平。你被禁止乘坐校车,而那名挑起斗殴的男孩却没事,这是不公平的。"

"这不是斗殴,妈妈。"

"随你说吧。总之亨内平小姐接受了我们的意见,从明天开始,你可以乘坐校车了。"

好啊，罗伊想道，谢谢您，妈妈。

他怀疑母亲之所以这么缠着副校长还有其他原因——她很想回到社区大学继续她的清晨瑜伽课。只要她还需要开车送罗伊到崔西中学，她就没时间去上早上的瑜伽课。

罗伊觉得自己不能太自私。罗伊知道自己不能永远依靠父母，也许校车上的其他孩子对他的回归不会很在意。

"亲爱的，怎么了？我以为你会很愿意回归日常生活。"

"我很愿意，妈妈。"

明天将会是非常美好的一天，罗伊想，这一切还是快点过去吧。

勒罗伊·布兰尼特，就是称呼自己为卷毛的秃头男人正承受着巨大的压力。他的眼皮因缺觉而抽搐着。他整天像一头阿肯色州的猪一样汗流浃背。

作为施工工地的监理工程师，他需要承担很大的责任，而且每天早上都会遇到令人头疼的新困难。由于神秘的非法入侵者，煎饼屋的工程进度已经比预计的滞后了两周。拖延时间意味着会有额外的开销，宝拉妈妈公司的大人物很不开心。

如果再有什么事情出错的话，卷毛很可能被炒鱿鱼。宝拉妈妈公司的高管已经和他说了很多。这位高管的名字叫查克·马克尔，是负责公关的副总裁。卷毛觉得查克这个名字其实更适合马戏团的小丑。

不过，查克·马克尔并不是一个好说话的人，尤其是看了报纸上关于在宝拉妈妈的施工工地上有一辆警车被喷漆的报道之后，他变得更难说话了。查克·马克尔的职责之一就是确保平时有关宝拉妈妈品牌的消息不出现在媒体上，除非公司要开一家特许经营店，或推出一份新的菜单（比如轰动一时的酸橙酱烙饼）。

从事监理工程师这个行业这么多年，在报纸刊登了那篇文章之前，卷毛从来没有收到过像查克·马克尔这样的电话。公司的副总裁在电话里滔滔不绝地讲了十五分钟。

"嘿，这不是我的错。"卷毛终于打断了副总裁，"不是我在工作的时候睡着了，是那个警察！"

查克·马克尔叫他不要抱怨，像个男人一样承担起自己的责任来。"布兰尼特先生，你是工头，不是吗？"

"是的，但是——"

"如果这样的事再发生的话，你就失业了。宝拉妈妈公司是一家在全球都享有盛名的上市公司，目前我们受到的关注不利于公司的形象。你明白吗？"

"明白。"卷毛说道，其实他并不想这么说。事实上，吃煎饼的人根本不会在乎警车怎么样了，甚至都不会在乎便携厕所里有没有投放鳄鱼。只要餐厅开业了，这些奇闻都会被忘记的。

然而，查克·马克尔没有心情和卷毛理论。"布兰尼特先生，仔细听着，这些乱七八糟的事必须马上消失。挂掉电话之后，你必须出去找一些体形巨大的、攻击性很强的嗜血大狗，最好是罗威纳犬，杜宾犬也行。"

"是的，先生。"

"施工场地现在清理了吗？"

"现在还在下雨，"卷毛说，"我觉得可能会连续下一周。"他觉得查克·马克尔也许会把坏天气怪到他的头上。

"难以置信,"副总裁抱怨道,"你明白我的意思吗?能不能不要再拖延了?不能再拖延了。"

公司原本计划在邀请贵宾和媒体正式参加奠基仪式之前把场地清理干净,他们还特别邀请在广告和电视中扮演宝拉妈妈的那位女士亮相,这是奠基仪式中最精彩的部分。

她的名字是金伯莉·卢·迪克森,是1987年或1988年美国小姐比赛的亚军。之后,她成了一名演员,不过卷毛不记得自己在除了煎饼广告之外的节目里见过她。他们给她穿上印花围裙,戴上灰色的假发,以及一副老太太眼镜,让她看起来真的像个老太太。

"我给你解释一下为什么这项工程再次拖延,你就会被解雇。"查克·马克尔对卷毛说道,"金伯莉小姐的空闲时间极其有限,几周之后,她就要开始拍摄一部大型电影。"

"您没开玩笑吧?这部电影叫什么名字?"卷毛和他的妻子都是狂热的电影爱好者。

"《木星七号的变种入侵者》。"查克·马克尔说,"问题是这样的,布兰尼特先生,如果开工仪式推迟,金伯莉·卢·迪克森就不能参加了。她必须前往新墨西哥州的拉斯克鲁赛斯,为拍摄变异蚱蜢女王做准备。"

哇,卷毛心想,她将扮演一位女王。

"如果没有金伯莉小姐在场,我们的活动就不会轰动四方了,布兰尼特先生,她是公司的标志。我们的杰迈玛阿姨,我们的贝蒂·克罗克,我们的——"

"老虎托尼?"卷毛说。

"很高兴你理解了问题的关键。"

"我当然理解了,马克尔先生。"

"太棒了。如果一切顺利的话,我不会再给你打电话了。这样不是很好吗?"

"是的,先生。"卷毛回应道。

要做的第一件事是在施工场地周围竖起铁栅栏。很难找到愿意在大雨天工作的人,但是卷毛还是联系上了博尼塔斯普林斯的一家公司。现在铁栅栏是围好了,只需要等驯狗员来。

卷毛有些紧张,他从来没有养过狗,事实上,他和妻子从未养过宠物,除非算上偶尔睡在后门廊下的那只流浪猫。那只猫连名字都没有,卷毛也毫不在意这些。

在他的生活中，人类已经够让他操心的了。

到了四点半，一辆带着露营车顶的红色卡车开到了拖车前。卷毛拽了一件黄色的雨披披在他闪闪发光的秃头上，走入无休止的毛毛细雨中。

驯狗员是一位健壮的、留着小胡子的男人，他介绍自己叫卡洛。他说话带着外国的口音，就像二战电影里德国士兵常有的口音一样。卷毛听到露营车里的狗凶猛地吠叫着，它们在卡车的后挡板后面扑腾，仿佛要跳出来一样。

卡洛说："你现在要回家吗？"

卷毛看了看自己的手表，点了点头。

"我走的时候，会锁住铁栅栏。明天我一早过来，把狗带回去。"

"很好。"卷毛说。

"如果发生什么事的话，立刻给我打电话。记住不要碰那些狗。"卡洛警告说，"不要和它们说话，也不要喂它们，这一点很重要，明白吗？"

"哦，好的。"卷毛听说可以不用搭理凶残的动物，开心极了。他去停车场拿走自己的东西，然后关上了大门。

卡洛温和地挥了挥手臂,然后松开了那些凶猛的狗,这些狗的体形都很大,都是罗威纳犬。它们沿着栅栏奔跑,冲过水坑,一圈圈水花溅起来。这些狗来到大门前,直接扑到栅栏上,对着大门外的卷毛咆哮着。

卡洛跑了过来,用德语喊着指令,这四只罗威纳犬立刻停止了吠叫,停下来,坐在了地上,它们黑色的耳朵警惕地听着四周的动静。

"你现在先走吧。"卡洛对卷毛说。

"它们有名字吗?"

"哦,有。那只叫马克斯,那只叫克拉斯,那只叫卡尔,最大的那只叫扑克脸。"

"扑克脸?"卷毛问道。

"扑克脸是我最珍贵的宝贝。我从慕尼黑一直把它带到这里。"

"它们能待在雨里吗?"

卡洛咧嘴一笑:"它们在飓风里也会安然无恙。你现在回家吧,不要担心。这些狗会帮你解决所有的问题。"

当卷毛回到皮卡的时候,他注意到这些罗威纳犬正警惕地注意着他的一举一动。它们轻轻地喘着气,口鼻上到处都是泡沫状的唾沫。

卷毛觉得自己终于可以睡一个好觉了,面对五百多磅重的恶犬,那些破坏者根本毫无胜算。

如果他们还想跨越铁栅栏,那他们纯粹就是疯了,卷毛想,完全疯了。

第二天早上,罗伊的母亲提出去瑜伽课的路上顺路把罗伊送到公交车站,罗伊拒绝了。雨终于停了,罗伊想出去走走。

一阵微风从海湾吹来,带着浓郁咸味的空气尝起来真的很不错。海鸥在头顶盘旋,两只鱼鹰在混凝土电线杆上搭建的鸟巢里互相朝对方鸣叫。电线杆下面,散落着一些被鸟啄得干干净净的乌鱼骨架碎片,鱼骨头呈现出白色。

罗伊停下来研究这些鱼骨头。他往后退了一步,抬头看了看那些鱼鹰,几乎看不到它们藏在鸟窝里的头,但他依然可以辨别出其中一只鱼鹰要比另一只大,也许那是一位母亲，正在教羽翼未丰满的雏鸟觅食。

在蒙大拿州，鱼鹰生活在大河沿岸的木棉树上，以鳟鱼和白鲑鱼为食。罗伊惊喜地发现佛罗里达州也有鱼鹰。同一个物种能够在两个相距如此遥远、完全不同的地方繁衍下去，简直令人赞叹。

如果它们可以，罗伊想，也许我也可以。

他在鸟巢周围停留了很久，以至于差点错过了校车。他不得不跑到下一个街区，在校车开走之前，最后一个上了校车。

罗伊走在过道里时，其他孩子都安静得出奇。当他准备坐下的时候，旁边那位靠着窗户的女生立刻站了起来，坐到了其他座位上。

罗伊有一种不好的预感。但是他不想转过身去看自己是不是猜对了。他缩起身子，假装自己在看漫画书。

罗伊听到他后面座位上的孩子们在小声嘀咕，接着又听到他们匆匆忙忙拿起书和书包离开的声音。转眼间，那些孩子就不见了。罗伊感到一个高大的孩子悄无声息地来到他身旁，然后站住了。

"嘿，丹纳。"罗伊在座位上慢慢地将身体转向丹纳。

"嘿，女牛仔。"

一周之后，丹纳·马西森的鼻子还是又紫又肿，虽然不像加勒特所说的那样歪到了脑门上。

和上次见到丹纳，也就是把信放到丹纳家门前时相比，罗伊发现丹纳的脸上有些不一样，丹纳的嘴变得又肿胀又粗糙，罗伊怀疑是不是丹纳的母亲在丹纳的嘴上打了一拳。

这样的新伤让这个大笨蛋变得口齿不清。"埃伯哈特，我们之间有些事情需要解决一下。"

"什么事情？"罗伊说，"我给你道歉了，我们现在扯平了。"

丹纳用一只湿乎乎的、火腿大小的手捂住罗伊的脸。"离我们扯平还差得远呢！"

罗伊不能说话，因为他的嘴被捂住了，而且他也没多少话要说。他在丹纳胖乎乎的、充满烟味的手指缝中瞪大了眼睛。

"你会为招惹我感到后悔的。"丹纳咆哮道，"我将会成为你最可怕的噩梦。"

校车突然停了下来，丹纳立刻放开罗伊的脸，一本正经地交叉着双手,以防司机从镜子里看到车厢里发生的事。三个和罗伊同年级的孩子上了校车,看到丹纳,他们明智地抢着坐到了前面的座位上。

汽车刚一启动,丹纳就再一次抓住了罗伊,罗伊冷静地甩开了他的胳膊。丹纳退后了几步,一脸难以置信地盯着他。

"难道你没读那封道歉信吗?"罗伊说,"只要你离我远远的,一切都会没事的。"

"你刚才是打我了吗?你是打我胳膊了吗?"

"打了,起诉我吧!"罗伊说。

丹纳的眼睛睁得老大,不敢相信地问:"你说什么?"

"伙计,我说你应该检查一下,看看你有没有多动症,顺便检查一下你的智商。"

罗伊不知道是什么促使他向这样一个暴戾的孩子挑衅。罗伊并不是特别喜欢挨打,但是如果不这样做他就要蹲下来乞求丹纳的原谅,无论如何,他是不会低声下气地哀求别人的。

每次埃伯哈特一家从一个小镇搬到另一个小镇时,

罗伊就会遇到一群新的恶霸和暴徒。罗伊认为自己是对付这些人的专家,如果他坚持自己的立场,他们就会离开,或者去找别人的麻烦。但是不管怎么说,侮辱这些人会带来大麻烦。

罗伊注意到丹纳的笨蛋朋友们坐在后面静静地观察着这边发生的事,这就意味着丹纳会觉得他必须表现出自己的强大。

"打我吧。"罗伊说。

"什么?"

"打我吧,释放你的愤怒。"

"你真是个疯子,埃伯哈特。"

"你像一堆烂泥一样愚蠢,马西森。"

这句话激怒了丹纳,丹纳从座位上冲过去,猛击罗伊的头部。

罗伊坐直了,说道:"嘿,感觉好点了?"

"当然了!"丹纳大声说道。

"很好。"罗伊转过身去,打开他的漫画书。

丹纳又打了他一拳,罗伊歪倒在了座位上。丹纳残忍地大笑着,朝他的朋友喊了几声。

罗伊立刻坐了起来,他的脑袋真的很疼,但他不想让其他人知道。他若无其事地把漫画书从地板上捡了起来,放在腿上。

这一次丹纳用另一只手打了他,这只手同样很肥胖,也很湿润。罗伊倒下去的时候,不由自主地惨叫了一声,但他的声音被校车发出的巨大的刹车声给盖住了。

有那么一阵子,罗伊满怀希望地以为司机看到了这边发生了什么,驶离公路是为了干预他们。不幸的是,事情并非如此,司机和往常一样无视马西森的行为。校车只是到了下一站而停了下来。

另一群孩子上校车时,丹纳镇定自如,装出一副文明市民的样子。罗伊低着头,盯着自己的漫画书,他知道只要校车再次发动,他还会被打。他做好了迎接丹纳下一击的准备。

但是这样的事没有发生。

校车穿过一个又一个街区,罗伊像一根柱子一样僵硬地坐在那里,等待再次被击倒。终于罗伊忍受不住好奇心的驱使,透过左肩看向左方。

罗伊几乎不敢相信自己的眼睛。丹纳闷闷不乐地靠着窗户，瘫坐在那里。这个笨蛋血腥的乐趣被刚上车的一个孩子给搅黄了，她勇敢地坐在丹纳的旁边。

"你在看什么？"新上车的孩子厉声问罗伊。

尽管罗伊头痛欲裂，但他还是笑了。

"嘿，比阿特丽斯。"他说。

9

第四起破坏案件

学校里的气氛很紧张，每当罗伊走进教室的时候，其他孩子就会放下手中的活，瞪着他看。也许他们很诧异罗伊还活着，而且四肢完好。

代数课结束后，罗伊听到身后走廊里传来一声巨大的假放屁声——是加勒特。加特勒一把抓住罗伊的袖子，把他拉到厕所里。

"你看起来状态很不好。你必须早点回家了。"加勒特建议道。

"我很好。"罗伊说。但他没有说实话，马西森在校车上用了大力气打他，这让他现在还感到头痛。

"兄弟,听我说。"加勒特说道,"我才不关心你是否自我感觉良好,你病了,真的病了,明白了吗?你必须给你妈妈打电话,然后回家。"

"你听到什么了?"

"等到第七节课后,他就会找你算账。"

"那就让他等吧。"

加勒特把罗伊推到厕所的一个隔间里,然后把门从里面锁上。

"这太丢人了吧!"罗伊说。

加勒特把手指放在他的嘴唇上。"我认识一名跟丹纳上同一节体育课的同学。"他激动地耳语道,"他说在你坐校车回家之前,丹纳会抓住你。"

"抓我干什么?"

"咄!"

"就在学校里?他怎么抓住我?"罗伊问。

"兄弟,我不是什么都知道。嘿,你从来没跟我说你把他的脸也打了。"

"不好意思,那不是我干的。"罗伊打开了厕所隔间的门,轻轻地把他的朋友推了出去。

"那么,你打算怎么办呢?"加勒特扒在厕所门顶部喊道。

"我想撒尿。"

"我不是问这个,你知道我在说谁。"

"我会想办法的。"

但是有什么办法呢?就算罗伊今天下午成功逃离了丹纳的魔爪,但是周一,同样的戏码还会继续上演。丹纳会继续跟踪他,而他不得不想另一个逃跑的计划。这样的话,在六月份学校放假之前,他每天都得提心吊胆的。

罗伊还有其他的选择,但是他哪个都不想选。如果他向亨内平小姐报告丹纳的行为,亨内平小姐最多把丹纳叫到办公室,给他上一课。丹纳只会一笑置之,谁会把一名嘴唇上长着一根黑色的胡须的副校长当回事呢?

如果罗伊告诉父母丹纳要找他麻烦的事,他们一定会很担心。他们会让罗伊从崔西中学退学,这样他只能转入私立学校,每天不得不穿着同一套傻瓜校服。并且据加勒特所说,在私立中学还得学拉丁文。

罗伊的第三种选择是再一次向丹纳道歉。这次道歉要充满悔恨，语气诚恳，乞求原谅。那不仅令人颜面扫地，而且也可能达不到预想的效果。丹纳不会怜悯罗伊，还是会继续找他的麻烦。

罗伊最后选择了爬起来，勇敢地战斗。罗伊是一个实际的男孩，他知道自己几乎没有胜算。他这边的优势是行动迅速，大脑聪明，但是丹纳长得如此壮实，可以像捏葡萄一样，把罗伊捏得粉碎。

罗伊想到有一次和父亲谈论关于斗争的话题。"我们要支持正确的事情，并为之奋斗。"埃伯哈特先生说，"但有些时候勇敢和愚蠢之间有一道界线。"

罗伊觉得和丹纳·马西森打架这个行为肯定就是愚蠢那一边的。

罗伊不想被打得血肉模糊，他特别担心如果自己被打成那样的话会对母亲造成巨大的伤害。他很清楚自己是家里的独子，如果他出了什么事，他的妈妈一定会崩溃的。

罗伊差点有一个妹妹，尽管他一开始并不知道。那时他的母亲已经怀孕五个月了，一天晚上，母亲病了，被救护车拉到了医院。几天后她回到家，孩子已经没有了。没有人向罗伊解释到底发生了什么。那个时候，罗伊只有四岁，他的父母沉浸在悲伤里，他不敢向父母提起这个话题。几年后，一个堂兄向他解释流产是怎么回事，并告诉他，他的母亲失去了一个女儿。

从那以后，罗伊就尽量不让父母为自己担心。无论是在马背上，自行车上还是滑雪板上，罗伊总会克制自己不要有过分狂野的行为——虽然他这个年龄的孩子大多都喜欢冒险耍酷——不是因为他担心自己的安全，而是因为这是他作为独子必须承担的责任。

然而今天早上乘校车的时候，罗伊侮辱了一个早已对他恨之入骨的暴徒。有时候罗伊不明白是什么促使他说那些话，也许有些时候，他太骄傲了，这对他自己没有半点好处。

当天的最后一节课是美国历史，下课铃响起之后，罗伊等其他学生全都走出教室之后才慢慢起身，接着，他小心翼翼地在学校的大厅里寻找着，到处都没有丹纳·马西森的身影。

"罗伊，出什么事了？"

历史老师瑞安先生站在他身后问道。

9 第四起破坏案件

"没什么事,一切都很好。"罗伊轻松地说,走出了教室。瑞安先生关上了教室的门。

"您也回家吗?"罗伊问。

"我希望现在就可以回家,但我得先批改作业。"

罗伊和瑞安先生其实不熟,但是他仍然跟着瑞安先生穿过学校的走廊,来到教师休息室。罗伊努力和瑞安先生轻松地交谈,表现出一副自在随意的样子,同时他时不时地往后看,看丹纳是不是潜伏在自己身后。

瑞安先生上大学的时候踢过足球,长得非常壮实。跟瑞安先生走在一起时罗伊感到很安全,这让他想起自己和父亲一起走路的场景。

"你准备乘校车回家吗?"瑞安先生问道。

"当然了。"罗伊说。

"等校车的站台不是在学校的另一个方向吗?"

"哦,我只想运动一下。"

当他们走到教师休息室门口时,瑞安先生说:"不要忘记周一的考试。"

"当然记得,1812年第二次独立战争,"罗伊说,"我准备好了。"

"真的吗？谁赢得了伊利湖战役？"

"海军准将佩里。"

"哪一位？马修·佩里还是奥利弗·佩里？"

罗伊想了想，猜测道："马修·佩里？"

瑞安先生眨了眨眼睛。"再努力学习一下。"他说，"周末愉快。"

罗伊现在一个人待在大厅里。放学的铃声刚响，学生们就走光了，就好像有人拔掉了浴缸的塞子一样。罗伊竖起耳朵仔细听着——没有偷偷摸摸的脚步声，只有实验室门上时钟的嘀嗒声。

罗伊意识到自己必须在四分钟之内赶到校车的站台，但是他并不着急，因为他心里规划了穿过体育馆到站台的捷径。罗伊计划最后一个搭乘校车，这样的话他不仅可以坐到校车前排的位置上，还可以在校车停下来时，迅速地跳下车去。丹纳和他的那些死党习惯坐在后排，很少骚扰坐在司机附近的孩子。

凯西先生永远都不会注意到这一点，罗伊想。

他跑到走廊的尽头，向右转，朝体育馆后门的双扇门走去。他几乎成功了。

"我们必须弄清楚，布兰尼特先生，你没有向警察报告吧？"

"没有，先生。"卷毛在电话这头强调着。

"也就是说没有任何纸质的记录，对吧？最新的这场闹剧不会出现在报纸上对吧？"

"我觉得不会，马克尔先生。"

对卷毛来说，这又是漫长的、令人沮丧的一天。天终于放晴了，但是雨停了之后一切都在走下坡路。建筑工地依然没有被清理，推土机被闲置在那儿，一动不动。

卷毛一拖再拖，直到他不得不给宝拉妈妈公司打电话。

"这是你的恶作剧吗？"查克·马克尔咆哮道。

"我没在开玩笑。"

"布兰尼特先生，告诉我怎么回事，我要清楚地知道每一个细节！"

于是卷毛给马克尔讲了在工地发生的一切。卷毛早上很早就来到建筑工地，他看到卡洛正挥舞着一把破旧的红伞，绕着铁栅栏，追赶着那四条攻击犬。卷毛意识到有麻烦了，因为卡洛用德语歇斯底里地喊叫着。

卷毛不想被狗咬伤，也不想被伞戳着，于是他就站在栅栏外面，困惑地观察着里面发生的事情。一位正在调查此事的椰子湾警官——就是之前在建筑工地上巡逻时睡着了的德林科警官，走了过来。正是因为他的车被喷漆，有关宝拉妈妈公司的负面新闻才上了报纸，卷毛和宝拉妈妈公司才陷入了困境。

"我在去车站的路上，看到这边有骚乱，"德林科警官大声说道，他的声音盖过了罗威纳犬的咆哮声，"这些狗怎么了？"

"没什么。"卷毛对警官说，"我们只是在训练它们。"

警官相信了卷毛的话，开车离开了，这让卷毛舒了一口气。

罗威纳犬刚被拴好，卡洛就把它们塞入了露营车，锁上了后面的挡板。他愤怒地转向卷毛，用手里的伞隔空戳着卷毛。"你！你想杀死我的狗！"

工头将双掌摊开："你在说什么？"

卡洛打开栅栏门，跺着脚朝卷毛走来，卷毛寻思自己是否该拿起一块石头来自卫。

卡洛全身被汗浸透了,他的眼睛因为充血变得通红,脖子上的青筋也鼓了起来。

"蛇!"他脱口而出。

"什么蛇?"

"你!你知道是什么蛇!这个地方到处都有蛇,而且有剧毒!"说到这里,卡洛扭动了一下自己的小指,"拥有彩色尾巴的毒蛇。"

"无意冒犯,但我觉得你疯了。"卷毛从来没有在宝拉妈妈的建筑工地上见到过蛇,如果见过的话,他肯定会记得的。提到蛇,他就毛骨悚然。

"你说我疯了?"卡洛抓住卷毛的一只胳膊,把他带到移动拖车前。这个拖车现在被卷毛当成办公室。在拖车的第二层台阶上,盘踞着一条粗壮的水生铜头蝮蛇,它的皮肤斑斑点点,正舒服地躺在那里。这种蛇在佛罗里达州是很常见的。

卡洛是对的:这种蛇有剧毒。而且它的尾巴还闪着光。

卷毛后退了几步。"我觉得你有点小题大做了。"他对卡洛说。

"什么？你认为我小题大做？"

训狗师把卷毛拖到篱笆边，卷毛看到了另一条水生铜头蝮蛇，接着还有一条，又有一条——一共有九条。卷毛目瞪口呆地看着眼前的情景。

"你现在怎么想呢？你还认为我是个疯子吗？"

"我也解释不了为什么会有这么多蛇，"卷毛浑身颤抖地说道，"也许是这几天下雨让这些蛇从沼泽地里爬了出来。"

"是，爬上岸了。"

"听我解释一下，我——"

"不，你听我讲，每条狗价值三千美元，总共是一万二千美元。如果这些狗被蛇咬死了，该怎么办？"

"我不知道这里有蛇出没。我发誓——"

"这些狗没受到伤害简直是个奇迹。我可怜的宝贝，一条蛇就在身后追着它，那些毒蛇离扑克脸有这么近！"卡洛比画了大约一码的距离，"幸亏我用伞把那条蛇赶走了。"

就在这时，卡洛不小心踩入猫头鹰的洞穴里，扭伤了脚踝。训狗师拒绝了卷毛的帮助，一瘸一拐地跳上了

9 第四起破坏案件

露营车。

"我走了,不要再给我打电话了。"他愤怒地说道。

"听着,我很抱歉发生了这样的事,我应该付你多少钱?"

"我会给你发两张账单,一张是关于狗的,另一张是关于我的腿的。"

"啊,不要这样嘛!"

"好吧,也许我可以不给你寄账单。但是我会咨询我的律师。"卡洛苍白的眼睛闪着光,"可能我再也不能驯狗了,我的腿疼得厉害。很可能我会残废的!"

"老天爷保佑!"

"宝拉妈妈是一家很大的公司,很有钱,对吗?"

卡洛咆哮着离开之后,卷毛小心翼翼地回到平板拖车里。水生铜头蝮蛇现在已经不在台阶上晒太阳了,但是卷毛不敢冒险。他取下一架梯子,从窗户爬了进去。

幸运的是,卷毛存了爬行动物驯兽师的电话号码,就是那位成功地把鳄鱼从厕所里赶出来的驯兽师。这位驯兽师正在抓鬣蜥,但他的秘书答应卷毛说驯兽师会立马赶往工地。

卷毛等这位驯兽师等了将近三个小时，终于，驯兽师过来了。卷毛打开了大门，发现这个家伙只带了一个枕套和一根改装过的铁头球棍。驯兽师开始里里外外地搜查宝拉妈妈的建筑工地，寻找尾巴亮晶晶的水生铜头蝮蛇。

让人难以置信的是，他什么都没有发现。

"这是不可能的！"卷毛大声喊道，"今天早上这里到处都是那种尾巴亮晶晶的蛇。"

爬行动物驯兽师耸了耸肩："蛇都是神出鬼没的，没人知道它们从哪儿来又到哪儿去了。"

"我不想听到这些话。"

"你确定它们是水生铜头蝮蛇吗？我从没见过一条尾巴亮晶晶的水生铜头蝮蛇。"

"感谢您的帮助。"卷毛讥讽地说，然后砰的一声关上了拖车的门。

现在，卷毛自己成了被人挖苦嘲讽的对象。"既然放狗不行的话，"查克·马克尔说，"也许你可以训练一些蛇来保护施工工地。"

"这一点都没有意思。"

"你说对了,布兰尼特先生,这一点都没意思。"

"那些水生铜头蝮蛇会吃人。"卷毛说。

"你说得对,但是它们连推土机也能吃掉吗?"

"嗯……可能不行。"

"那你在等什么?"

卷毛叹了口气:"明白了,先生。明天早上我们就动工。"

"很高兴听到你这么说。"查克·马克尔说道。

清洁工的杂物间里有一股漂白剂和清洁溶剂的刺鼻气味。里面几乎和黑夜一样黑。

罗伊跑向体育馆时,被丹纳·马西森从后面抓住。丹纳把罗伊拉进了杂物间,砰地关上了门。罗伊敏捷地从丹纳汗津津的手里挣脱出来,蜷缩在堆满杂物的地板上,丹纳则跌跌撞撞地到处乱打。

罗伊的裤子掉了一半,裤脚拖到了地上。他看到前方有一道像纸一样薄的光束,他以为那是门缝里透出的光,就拼命地向那个方向使劲。从上面某个地方传来一声巨响,接着是一声痛苦的尖叫——显然丹纳用上勾拳打了铝桶一下。

罗伊在黑暗中摸到了门把手,猛地打开门,呼吸着清新的空气。他刚把头探出杂物间,就又被丹纳抓了回来。罗伊的指尖刮过门上油毡,发出吱吱的响声。他被丹纳往后拉,门在罗伊的呼救声中关闭了。

丹纳把罗伊从地板上拽了起来。罗伊拼命地想寻找一些可以保护自己的东西,他的右手好像摸到了一个木扫帚柄。

"我抓住你了,女牛仔!"丹纳粗鲁地喊着。

丹纳紧紧地抱住罗伊,罗伊感觉自己的肺像是一架被挤空了空气的手风琴。他的胳膊被夹在身体两侧,像布娃娃一样双腿晃来晃去。

"现在你该后悔惹我了吧?"丹纳幸灾乐祸地说。

罗伊感到头晕目眩,手里的木扫帚柄落在了地上。他的耳朵里充满了海浪击打礁石的声音,丹纳抓得他感到窒息,但是他发现自己的腿还能动,于是便用全身的力气,开始踢腿。

刚开始,什么事情都没有发生——接着罗伊落到了地上。他面朝上,身后的背包承担了冲击力。这里太黑了,什么都看不清楚,但罗伊从丹纳痛苦的喘气声中推断出他踢到了丹纳身体的敏感部位。

罗伊知道自己必须马上离开,他试图爬起来,但是刚才丹纳粗暴地抱着他,让他感到虚弱,喘不过气来。他无助地躺在那里,就像一只被翻过来的乌龟。

丹纳怒吼着,罗伊闭上了眼睛,做好了最坏的打算。丹纳重重地压在罗伊的身上,用那双肉墩墩的手掐住了罗伊的喉咙。

我的人生就到此为止了,罗伊想道,这个超级大笨蛋要杀死我。滚烫的眼泪从罗伊脸上流了下来。

对不起,妈妈,也许你和爸爸可以再要一个孩子……

杂物间的门突然打开了,压在罗伊胸口上的重量似乎蒸发了,他睁开眼睛,看到丹纳·马西森被人扛走了。丹纳挥舞双臂,哈巴狗般的脸上露出了震惊的神情。

罗伊依旧躺在地板上,大口地喘着气,试图搞清楚发生了什么。也许瑞安先生无意间听到了打斗的声音,他身体足够强壮,可以像举起一捆紫花苜蓿一样举起丹纳。

终于,罗伊一个鲤鱼打挺,双脚站在地面上。他摸黑寻找着电灯的开关,同时再次举起扫帚柄,以防万一。当他从杂物间里探出头时,走廊里空无一人。

罗伊扔下了扫帚柄,跑向最近的出口。他差一点就赶上了校车,但是校车还是开走了。

10
见面

"我错过校车了。"罗伊喃喃道。

"那也没什么大不了的,我错过了橄榄球训练。"

"丹纳怎么样了?"

"他还活着。"

并不是瑞安先生把正在被暴打的罗伊从杂物间里救了出来,而是比阿特丽斯·利普,她把丹纳扒得只剩内裤,然后把他绑在了崔西中学行政楼前的旗杆上。比阿特丽斯又从那儿"借"了一辆自行车。她强迫罗伊坐在把手上,然后以疯狂的速度驶往未知的目的地。

罗伊想知道从法律的角度来讲这算不算绑架,一定有一条关于禁止一个孩子强迫另一个孩子离开学校的法律。

"我们要去哪儿?"他怀疑这一次比阿特丽斯依旧不会理睬他,因为他已经问过两遍了。

但是这一次她回答道:"去你家。"

"什么?"

"拜托能不能安静一下?我今天心情很不好,女牛仔。"

罗伊从她说话的语气中可以察觉到她确实很不高兴。

"我需要你的帮助。"她告诉罗伊,"现在就需要。"

"当然了,我可以帮助您做任何事。"

他还能说什么?他现在把宝贵的生命都交到了比阿特丽斯的手上。现在她骑着自行车,弯弯绕绕地穿过人潮拥挤的十字路口和汽车川流不息的车道。虽然她的车技很娴熟,但罗伊依然感到十分忐忑。

"绷带、胶布,以及防止感染的药水。"比阿特丽斯说,"你妈妈有那些东西吗?"

"当然有了。"罗伊的母亲储备了足够多的医疗用品,多到可以开一个小型的急诊室。

"太好了,现在我们需要编一个谎。"

"发生什么事了?为什么你不从自己家里取绷带?"

"因为这与你无关。"比阿特丽斯闭住嘴,骑得更快了。罗伊有种不祥的感觉,比阿特丽斯的弟弟可能出事了,就是那个赤脚奔跑的男孩。

埃伯哈特太太在前门和他们打招呼:"你怎么现在才回来,我有点担心,宝贝,是校车晚点了吗?噢——这位是?"

"妈妈,她是比阿特丽斯,她把我送回了家。"

"比阿特丽斯,很高兴见到你!"罗伊的妈妈不是出于礼貌才这样说,她真的很高兴罗伊带回来一个朋友,即使是一位看起来很强悍的女孩。

"我们想去比阿特丽斯家做作业,可以吗?"

"你们完全可以在咱家做作业,房子很安静——"

"我们要做一个科学实验。"比阿特丽斯说,"很可能把房子搞得一团糟。"

罗伊忍住脸上的笑容。比阿特丽斯很快就判断出罗伊的母亲是怎么样的人:埃伯哈特太太把屋子收拾得一尘不染。想到化学药剂在玻璃杯里不断冒泡、翻腾,她就不由得皱起了眉头。

"实验安全吗?"她问。

"我们会从实验的一开始就戴着橡胶手套,"比阿特丽斯保证道,"还有护目镜。"

很显然,比阿特丽斯很擅长对大人们撒谎。埃伯哈特太太信以为真。

当埃伯哈特太太给两个孩子准备零食的时候,罗伊偷偷地从厨房里溜了出来,冲向他父母的浴室。急救箱放在水槽下面的柜子里。罗伊取出一盒纱布、一卷白胶布,还有一管看起来像烧烤酱一样的抗生素药膏,把这些都藏在自己的书包里。

他回到厨房,看到比阿特丽斯和自己的母亲正在餐桌前交谈,在她们中间摆了一盘花生酱饼干。比阿特丽斯的嘴里塞得满满的,看起来她非常喜欢吃饼干。罗伊闻着饼干传来的诱人的香味,走上前去,伸手抓了两块。

"我们走吧。"比阿特丽斯说着,从椅子上一下子站了起来,"还有很多工作要做。"

"我准备好了。"罗伊说。

"哦,等一下——你知道我们忘记什么了吗?"

罗伊一点也不知道比阿特丽斯在说什么:"我忘记了?我们忘拿什么东西了?"

"碎牛肉。"她说。

"噢?"

"你知道的,做实验用。"

"哦,是的。"罗伊也演起戏来,"我想起来了。"

他的母亲立刻说道:"宝贝,家里的冰箱里正好有两磅碎牛肉,你们需要多少?"

罗伊看了看比阿特丽斯,她故作天真地笑了:"两磅肉刚好,埃伯哈特太太。谢谢您!"

罗伊的母亲匆匆忙忙地走到冰箱前,取出了一包牛肉。"对了,你们在做什么实验?"

罗伊还没来得及回答,就听比阿特丽斯说:"细胞衰退。"

埃伯哈特太太皱了皱鼻子,仿佛她已经闻到什么东西腐烂的气味。"你们两个最好快点出发。"她说,"趁着牛肉还新鲜。"

比阿特丽斯·利普和她的父亲住在一起。她父亲曾是一名职业篮球运动员，由于长时间的训练，他的腿有些跛，还有啤酒肚，没有稳定的工作。利昂·鲁奇·利普曾是克利夫兰骑士队和迈阿密热火队得分最高的控球后卫，但从 NBA[①] 退役十二年了，他仍然没有想好余生要干什么。

比阿特丽斯的母亲不是一个没有耐心的女人，但她还是和丈夫离了婚，去追求自己的事业，成为鹦鹉丛林的鹦鹉驯兽师。鹦鹉丛林是迈阿密的一处旅游景点。比阿特丽斯决定和父亲生活在一起，一方面因为自己对鹦鹉过敏，另一方面她怀疑父亲能否独立生活，母亲的离开让他陷入了极度的悲伤之中。

在与利普太太离婚两年后，利昂做了一件让所有人大跌眼镜的事，他与自己在职业高尔夫名人锦标赛结识的一位女士结婚了。这位女士名叫罗娜，是一个穿着泳装、推着电动手推车的女服务员。她的主要职责是在高尔夫球场为参赛者提供啤酒和其他饮料。直到罗娜和父

---

① 美国职业篮球联赛。

亲结婚的那一天,比阿特丽斯才知道罗娜的姓氏。也是在这一天,比阿特丽斯被告知她要有一个新弟弟了。

罗娜带着一个面色忧郁、肩膀瘦削、皮肤被太阳晒得黝黑的男孩来到教堂。那个男孩穿着西服,打着领结,看起来十分痛苦。他甚至没有留下来参加宴会。利昂刚把婚戒戴到罗娜的手指上,那个男孩就踢掉他的黑皮鞋,跑掉了。在利普家,这一幕时常上演。

罗娜和自己的儿子相处得不是很融洽,罗娜经常唠叨他。比阿特丽斯认为,罗娜害怕儿子古怪的行为会惹恼丈夫,但是其实利昂根本就不在意。偶尔,利昂抱着试试看的心态与这个男孩建立联系,但发现两人几乎没有任何共同之处。男孩对利昂的主要爱好——运动、吃垃圾食品以及看电视——不感兴趣,他一有时间就去森林或沼泽地里游荡。至于利昂,他不喜欢户外运动,对任何没有戴项圈或者没有狂犬病疫苗标签的动物都感到很恐惧。

一天晚上,罗娜的儿子把一条刚出生的小响尾蛇带回了家,它立刻爬到利昂最喜欢的鼹鼠皮拖鞋里,然后舒展了身子。利昂与其说是心烦意乱,不如说是十分困惑，而罗娜则完全气疯了。甚至都没和丈夫商量，她直接把她的儿子送去了一所军事预科学校——他们试图让这个男孩"正常化"，但是所有的尝试都失败了。

还不到两周，这个男孩就被开除了，或者说他干脆逃离了这所学校。之前就发生过类似的事情。罗娜故意向利昂隐瞒了这件事，她继续假装她的儿子表现得很出色，成绩也很优秀，而且他的表现越来越好。

事实上，罗娜根本不知道这个男孩去哪儿了，也不打算找他。这个小恶魔让她感到十分厌倦——比阿特丽斯听她在电话里亲口说过。至于利昂，除了妻子告诉他的情况以外，他对这个继子没有表现出任何兴趣，甚至都没有注意到自己早就不再交军校的学费了。

在罗娜把这个男孩送走之前，他和姐姐悄悄地组成了联盟。跑回椰子湾后，他联系的第一个人也是唯一一个人就是姐姐比阿特丽斯。比阿特丽斯决定对男孩的行踪保密，因为如果被罗娜知道的话，她一定会联系青少年拘留所。

就是因为这个，比阿特丽斯·利普看到罗伊·埃伯哈特追逐自己弟弟后才对罗伊发出了警告。她只是做了任何一位姐姐都应该做的事。

骑在自行车上,比阿特丽斯断断续续地给罗伊解释了自己的家庭情况,罗伊逐渐明白了比阿特丽斯和她弟弟的艰难处境。看到男孩的伤口后,罗伊终于明白为什么比阿特丽斯决定去寻求自己的帮助了。她的弟弟正在一个老式的乔乔冰激凌货车里呻吟。

这是罗伊第一次面对面地看着那个奔跑的男孩。这个男孩平躺在地上,把一个皱巴巴的纸板箱当作枕头。他那淡黄色的头发因出汗打成了绺,额头发烫。他的眼睛里闪烁着躁动、勇敢以及动物一样野性的光芒,就和罗伊之前看到的一模一样。

"疼得厉害吗?"罗伊问。

"不厉害。"

"撒谎。"比阿特丽斯说道。

男孩的左胳膊又肿又紫,一开始罗伊以为他是被蛇咬了。罗伊焦虑地环顾着四周,幸运的是,他没有看到那个放水生铜头蝮蛇的塑料袋。

"今天早上我去公交车站时,顺路到这里,看到他成了这样。"比阿特丽斯向罗伊解释道。然后她转向自己弟弟说:"快点,告诉女牛仔发生了什么。"

"我被狗咬了。"男孩转过胳膊,指着皮肤上的几处红色斑点说道。可以看得出来咬他的狗当时非常愤怒。

这个男孩的咬伤很严重,但是罗伊见过更严重的。有一次他父亲带他参加一个州博览会,一个竞技小丑被一匹惊慌失措的马咬伤了,小丑失血过多,人们不得不用直升机把他紧急送往医院。

罗伊拉开背包的拉链,取出医用物品。他对治疗咬伤的急救措施略知一二,因为他在博兹曼的一个夏令营里参加过急救培训。比阿特丽斯已经用苏打水清理了弟弟的伤口,于是罗伊把抗生素药膏涂在一块纱布上,然后把纱布紧紧地缠在男孩的胳膊上。

"你需要打一针狂犬病疫苗。"罗伊说。

胭脂鱼捕手摇了摇头说:"我很好。"

"咬你的狗还在附近吗?"

男孩转向比阿特丽斯,用询问的眼神看着她,比阿特丽斯说:"告诉他吧。"

"你确定吗?"

"放心吧,他没有问题。"她瞥了罗伊一眼,"而且,他还欠我的,今天他差点在杂物间里被压扁了,对吗?女牛仔?"

罗伊唰一下脸红了:"不要管这件事了,那只狗怎么样了?"

"实际上,一共有四条狗。"胭脂鱼捕手说道,"它们都待在铁栅栏后面。"

"那你怎么被咬的?"罗伊问。

"胳膊被卡住了。"

"你当时在做什么?"

"没干什么。"男孩说,"比阿特丽斯,你拿了碎牛肉了吗?"

"拿了。罗伊的母亲给了我们一些碎牛肉。"

男孩坐了起来:"我们最好立刻出发。"

罗伊说:"不,你需要休息。"

"过一会儿再休息,我们快点走吧——它们就快饿了。"

罗伊看向比阿特丽斯·利普,但她没有解释。

他们跟着胭脂鱼捕手下了冰激凌货车,来到了垃圾场。"我们在那边见。"他说道,然后竭尽全力地跑了起来。罗伊很难想象这个男孩伤成那样,依然有那么大的力气。

当胭脂鱼捕手开始奔跑时,罗伊满意地发现他穿着一双鞋——就是自己送给他的那双运动鞋。

比阿特丽斯骑上自行车,指了指车把说:"跳上来。"

"不行。"罗伊说。

"别做胆小鬼。"

"嘿,如果他打算伤害那些狗的话,我是不会参与的。"

"你在说什么?"

"难道这不是他要碎肉的原因吗?"

罗伊以为自己了解事情的来龙去脉,他以为这个男孩准备在碎牛肉里放一些毒药,然后喂给伤害他的狗,以此报复。

比阿特丽斯笑了,她翻了个白眼:"他还没有那么疯狂。现在,我们走吧!"

十五分钟之后,罗伊发现自己来到了东金莺街上,几天前同一辆拖车里的工头对他大喊大叫,现在将近五点了,建筑工地看上去空无一人。

10 见面

罗伊注意到这个建筑工地被铁栅栏围了起来,他想起了上一次脾气暴躁的工头威胁说要放出看门狗,他觉得就是这些狗咬了胭脂鱼捕手。

跳下自行车后,罗伊对比阿特丽斯说:"那辆被喷漆的警车和胭脂鱼捕手有关系吗?"

比阿特丽斯没有回答。

"还有便携厕所里的鳄鱼?"罗伊问。

他知道这些问题的答案,但是比阿特丽斯脸上的表情似乎在告诉他:管好自己的事。

尽管还在发烧,而且伤口感染很严重,胭脂鱼捕手还是比罗伊和比阿特丽斯抢先一步来到宝拉妈妈的施工工地。

"把碎牛肉给我吧。"他一边说着,一边试图从罗伊手里抢走装肉的包裹。

罗伊没有给他:"除非你告诉我你拿这些肉要干什么。"

男孩转身看向比阿特丽斯寻求帮助,但是她摇了摇头。

"快点。"她对男孩说,"来吧,我们的时间不多了。"

胭脂鱼捕手受伤的手臂无力地垂着,他爬上铁栅栏,然后又跳到建筑工地里。比阿特丽斯跟在后面,她的大长腿毫不费力地跨过了铁栅栏。

"你在等什么?"她朝罗伊大喊道,罗伊依然站在铁栅栏的外面。

"那些狗怎么办?"

"那些狗,"胭脂鱼捕手说道,"已经都走了。"

罗伊比之前更困惑了,他爬了过去。他跟着比阿特丽斯·利普和她的弟弟,来到了一辆停着的推土机前。他们蜷缩在推土机的刀板里,路边的行人根本看不到他们。罗伊坐在中间,比阿特丽斯在他左边,胭脂鱼捕手在他右边。

罗伊把那包肉放在大腿上,像后卫护着橄榄球一样用双臂搂着它。

"是不是你给警车喷上了黑漆?"罗伊直截了当地问那个男孩。

"不予回答。"

"是你把鳄鱼藏到厕所里的吗?"

胭脂鱼捕手直直地盯着前方,他的双眼眯成了一条线。

"我真不明白。"罗伊说,"为什么你要做这么疯狂的事?谁在乎这里是否修建一家愚蠢的煎饼连锁店?"

男孩的头猛地扭了一下,冷冷地看了罗伊一眼。

比阿特丽斯插话道:"我的弟弟被狗咬了,因为他试图把手伸入栅栏内,现在问我为什么他要这么做。"

"好吧,为什么?"罗伊说。

"他想把蛇赶出来。"

"是和高尔夫球场里一模一样的蛇吗?水生铜头蝮蛇!"罗伊大声说道,"但是为什么?你是想要杀死什么人吗?"

胭脂鱼捕手得意地笑了。"那些蛇连一只跳蚤都不会伤害,我把它们的嘴巴粘住了。"

"真的可以这样吗?"

"另外我在它们的尾巴上涂了颜色。"男孩继续说道,"这样就容易辨认它们了。"

比阿特丽斯说:"埃伯哈特,他说的是实话。"

确实是,因为罗伊自己也见过这些蛇的尾巴涂着颜色。

"等一下，你怎么能把蛇的嘴封住呢？"

"他做得非常小心。"比阿特丽斯说，她干笑了几声。

"其实一点都不难，"胭脂鱼捕手说道，"如果你知道怎么做的话。其实，我并不想伤害那些狗，只是想吓唬吓唬它们。"

"狗不喜欢蛇。"比阿特丽斯解释道。

"蛇会让它们抓狂，到处乱跑，大声咆哮，原地转圈。"她的弟弟说，"我知道一看到那些水生铜头蝮蛇，训狗师就会立刻把狗带走，那些罗威纳犬并不便宜。"

这是罗伊听到的最聪明的计划。

"我只是没料想到，"胭脂鱼捕手说着，看了一眼自己手臂上的绷带，"被狗咬了。"

罗伊说："我简直不敢问下去了，你的那些蛇后来怎么样了？"

"哦，它们很好。"这个男孩说道，"我回来就是想把它们找回来，放到一个安全的地方，然后放生。"

"但是他必须先把蛇嘴上粘着的胶带给解开。"比阿特丽斯咯咯地笑道。

"停一下！"罗伊恼火地说，"站在那儿别动。"

10 见面

胭脂鱼捕手和比阿特丽斯严肃地看着他,罗伊现在满脑子都是问题,这两个孩子一定是来自另一个世界的人。

"你们两个能不能有一个告诉我,"他乞求道,"修建煎饼屋与你们有什么关系呢?也许我很笨,我没有听明白。"

男孩做了个鬼脸,揉了揉肿胀的手臂。"原因很简单,伙计。"他对罗伊说,"他们不能把宝拉妈妈煎饼屋建在这里,就和他们不能让那些又大又令人讨厌的罗威纳犬乱跑一样。"

"给他看看为什么。"比阿特丽斯向她的弟弟说道。

"好的,给我碎肉。"

罗伊把碎牛肉给了他,胭脂鱼捕手剥开塑料包装纸,然后拿出一把牛肉,小心翼翼地搓成六个完美的小肉球。

"跟我来。"他说道,"但是必须保持安静。"

胭脂鱼捕手把罗伊带到一片草滩上,走到一个洞前,在这个洞口处,胭脂鱼捕手放了两个牛肉肉团。

接着他走到建筑工地另一边,在一个看起来和刚才那个洞一模一样的洞前,又放了两个肉团。然后他在远处角落的另一个洞口也放了两个肉团。

罗伊从漆黑的洞口往里看去,问:"这里面有什么?"

在蒙大拿州,像这样住在地洞里的动物只有地鼠和獾,罗伊确信在佛罗里达州几乎没有这两种动物。

"嘘。"胭脂鱼捕手说道。

罗伊退回到推土机旁,比阿特丽斯正靠在刀板上,擦拭着她的眼镜。

"怎么样?"她对罗伊说。

"什么怎么样?"

胭脂鱼捕手拍了拍他的手臂。"听!"

罗伊听到一声短促而高亢的咕咕声,这样的声音从空地的另一边传来,接着又一声鸣叫,比阿特丽斯的弟弟悄悄地站了起来,脱下他的新运动鞋,蹑手蹑脚地向前爬,罗伊紧随其后。

尽管男孩发着高烧,但他还是咧嘴笑了,做了个手势,示意他们停下来。"看!"他指着第一个洞穴说道。

"哇!"罗伊压低声音说道。

原来有一只猫头鹰站在洞口,好奇地盯着其中的一个肉丸子。它是罗伊见过的最小的猫头鹰。

　　胭脂鱼捕手轻轻地拍了拍他的肩膀。"好了,现在你明白了吗?"

　　"是的。"罗伊说,"我明白了。"

11

警察的破案线索

戴维·德林科警官已经习惯了每天早上上班前都要去施工工地看一眼,而且下班回家之前,也要去那边看看。有时候,晚上出去买零食的时候,他也要下意识地绕到那里——工地附近有一家小型超市。

到目前为止,除了今天早上见到的场景有些奇怪之外,德林科警官没有发现什么反常现象:在施工工地上,一个眼神疯狂的男人挥舞着一把红色的伞追逐着几只巨型黑犬。宝拉妈妈施工场地的工头解释说这只是一次 K-9 训练①,没什么好担心的。德林科警官没有理由

---

① 犬类行为训练。

怀疑工头说的话。

尽管警官渴望亲手抓住那些非法入侵者,但是他不得不承认,对宝拉妈妈公司来说,在施工工地周围围起栅栏,并且放一些守门犬在里面是个好主意——一定可以把那些胆大妄为的入侵者给吓跑。

这天下午,干了八个小时无聊的案头工作之后,德林科警官再一次开车来到宝拉妈妈的施工工地。再过两个小时,天就黑了,他希望能看到那些攻击犬警惕地守卫着工地。

到了施工工地,德林科警官原以为可以听到狂吠的合唱,却没想到这个地方出奇安静,没有一点守门犬的踪迹。德林科警官绕着栅栏外围走着,一边拍手一边喊,以防那些守门犬躲在卷毛的拖车下面,或者在推土机的阴影里打盹。

"嘿!"德林科警官叫道,"哟,菲多!"

还是静悄悄的。

他拿起一根木头,敲击着金属栅栏,还是没有听到任何回应。

德林科警官回到门口,检查了一下门锁,门是锁着的。

他试着吹起了口哨,但这一次听到了"咕咕,咕咕"这样的声音。

很显然不是罗威纳犬的叫声。

警官看到有什么东西在围场里移动,他感到一阵紧张,决定看看究竟是什么。开始,他以为是只兔子,因为它的毛是沙棕色的,然而它立刻从地面上飞了起来,从施工工地的一个角落飞到了另一个角落,最终降落在推土机上。

德林科警官笑了——这是卷毛向他抱怨过的倔强的穴居猫头鹰中的一只。

但是那些守门犬到哪儿去了?

警官往后退了几步,摸了摸他的下巴,明天早上他会再过来一次,问问工头发生了什么。

一阵温暖的风轻轻地吹过,德林科警官注意到栅栏上有什么东西随风晃动着,看起来像是测量桩上系了一条彩带,然而这只是一条被撕烂的绿布条。

警官怀疑是有人在爬栅栏时,衬衫被铁丝网钩住了。

德林科警官踮起脚,蹑手蹑脚地走过去,取下了这块绿布条，小心翼翼地放在他的口袋里，然后回到了车里，朝东金莺街驶去。

"快点！"比阿特丽斯·利普大声喊道。

"我跟不上了。"罗伊气喘吁吁地说，他跑在她后面。

比阿特丽斯正骑着从崔西中学停车场骑走的自行车，胭脂鱼捕手瘫倒在车把上，几乎失去了知觉，他们离开施工工地时，胭脂鱼捕手晕了过去，从铁栅栏上掉了下来。

罗伊看得出来胭脂鱼捕手被狗咬伤的地方感染得越来越厉害，现在需要马上去医院。

"他不会去的。"比阿特丽斯宣布道。

"我们得告诉他妈妈。"

"不行！"话音刚落，她就骑自行车离开了。

罗伊跟在后面跑着，不让她离开自己的视线，他不知道比阿特丽斯要把她的弟弟送到哪儿，他觉得她自己也不清楚。

"他现在怎么样了？"罗伊大声叫道。

"不好。"

罗伊听到一声汽笛声，扭过头去，看到他们身后离他们两个街区远的地方出现了一辆警车，罗伊发自本能地停了下来，朝警车招手。他现在只想把胭脂鱼捕手赶快送到医院，越快越好。

"你在干什么！"比阿特丽斯·利普朝他大喊道。

罗伊听到咔嚓一声，自行车撞到了人行道上。他看到比阿特丽斯逃跑了，她的弟弟就像一袋燕麦一样被她扛在肩上。她没有回头，从街尽头的两栋房子之间穿过，消失不见了。

罗伊站在路中央一动不动，他需要马上做出一个重要的决定。一边警车在向他驶来，另一边是他的两个朋友……

而且是他在椰子湾交到的关系最亲密的朋友。

罗伊深吸了一口气，朝他的两位朋友跑去，他听到了汽笛的鸣叫，但还是继续跑着，希望警察不会下车，徒步追踪他。罗伊知道自己没做什么错事，但是怀疑自己会因为帮助胭脂鱼捕手而惹上麻烦——帮助一名逃学的孩子。

11 警察的破案线索

那个孩子只是为了关照猫头鹰而已——这怎么能算是犯罪呢？罗伊想道。

五分钟之后，他发现比阿特丽斯·利普正坐在一个陌生人家的后院里。他们坐在一棵红木的树荫里休息，她的弟弟蜷缩在她的大腿上，眼皮半闭着，脑门发亮。胭脂鱼捕手的手臂完全肿起来了，深深的伤口暴露在外，因为他从铁栅栏上摔下来时，绷带和他绿色的衬衫袖子一起被扯掉了。

比阿特丽斯轻轻地抚摸着她弟弟的脸颊，抬起头来用悲伤的眼神看着罗伊，问："女牛仔，现在我们该怎么办？"

卷毛受够了那些攻击犬带来的闹剧，尽管他不想在平板拖车里过夜，但是这是阻止破坏的唯一方法——防止任何想破坏施工进程的人进来，继续搞那些恶作剧。

如果这周末宝拉妈妈这个项目的进度继续拖延的话，卷毛就会被解雇了，查克·马克尔已经表达得很清楚了。

当卷毛告诉妻子他今晚要在施工场地过夜时，他的妻子没有表现出丝毫关心。她的母亲马上就要来椰子湾看望她了，两人计划周六和周日去疯狂购物，卷毛去还是不去都不会有什么影响。

卷毛闷闷不乐地把牙刷、剃须刀、剃须膏，还有一大瓶阿司匹林打包到他的旅行箱内。他把几件干净的工作服和内衣叠好装进一个手提袋里，从床上抓起了他的枕头。他准备出门时，妻子递给他两个油腻腻的金枪鱼三明治，一个今天晚上吃，一个明天早上吃。

"你在外面小心点，勒罗伊。"她说道。

"好的，当然了。"

到了施工场地，卷毛锁住了身后的大门，爬上了安全的平板拖车。整个下午，他都在为那些消失的水生铜头蝮蛇而着急上火，寻思为什么那些水生铜头蝮蛇突然都不见了。

那么多蛇怎么能突然凭空消失呢？

卷毛担心那些水生铜头蝮蛇正潜伏在附近某个秘密地下洞穴里，等天黑后才出来捕食。

"我已经准备好了。"卷毛大声说道，希望可以说服自己。

11 警察的破案线索

锁上拖车的门之后,卷毛打开了便携式电视机,转到体育节目频道,晚些时候,魔鬼鱼队要和金莺队比赛,卷毛对这场比赛非常期待。最近,他特别喜欢观看在厄瓜多尔基多举行的球赛——无论他在哪儿,都要准时观看。

他靠在椅背上,松开腰带,把点38口径的左轮手枪露出来。自从他三十一年前从海军陆战队退役之后,他就没有再开过枪。但是卷毛依然在家里放了一把手枪,他对自己的射击能力仍然很有信心。

不管怎么样,射死一条蛇有什么难的?

卷毛开始吃他的金枪鱼三明治,这时电视里开始播放宝拉妈妈全美煎饼屋的广告,前美国小姐亚军金伯莉·卢·迪克森小姐装扮成和蔼可亲的老奶奶,站在那里。她一边在热煎锅上煎烙饼,一边唱着傻傻的歌。

尽管化妆师努力给金伯莉打扮了一番,卷毛依然可以看出广告里的老太太实际上是一名年轻的女性,而且长得非常漂亮。卷毛想到查克·马克尔说过,金伯莉·卢·迪克森准备拍摄一部新电影,卷毛想象着金伯莉变成蚱蜢女王的模样。毫无疑问,特效部门会给她配上六条绿腿和一对触角，想到这儿，卷毛不由得失声笑了起来。

卷毛寻思金伯莉·卢·迪克森小姐亲自来椰子湾参加新煎饼屋奠基仪式时，他有没有机会和她说话。这也不是毫无可能，他是这个工程的监理工程师，而且是这个项目的最高负责人。

卷毛从没见过一位电影明星，或者电视剧演员，美国小姐或什么小姐之类的人物。可以要一份亲笔签名吗？他寻思道。她愿意和他合影吗？她会用广告中宝拉妈妈的假声音和他说话，还是用自己的声音呢？

卷毛正狂想着这些问题，突然，电视机的画面消失了，他简直不敢相信自己的眼睛。他愤怒地用沾着蛋黄酱的拳头敲打着电视机遥控台，但根本没用。

宝拉妈妈煎饼屋的广告播到一半时，电视突然断线了。这不是一个好现象，卷毛闷闷不乐地想着。

他讲了很多脏话，来抱怨他的厄运，这么多年来，他已经习惯上夜班的时候看电视了，他不知道除了看电视，自己还能干什么。拖车里没有收音机，唯一能看的是一本建筑业的杂志，上面刊载着一些无聊的文章，比如关于如何安装抗飓风的屋顶护套和介绍防白蚁的胶合板的。

卷毛想赶快去小型超市租一些光盘来，但是需要穿过整个施工场地才能找到他的皮卡。随着夜幕的降临，他不敢一个人冒险出去——尤其是那些可怕的水生铜头蝮蛇可能会在附近出没。

他把枕头塞到头下，把椅子斜靠在薄薄的镶板墙上，周围一片寂静，卷毛一个人待着，寻思是否会有一条水生铜头蝮蛇钻进他的拖车内部。他曾经听过这样一个故事，有一条大蟒蛇沿着纽约一套公寓的浴缸排水管爬进了卫生间。

一想到这个场景，卷毛就感觉自己的胃痉挛了。他站起来，悄悄地走到拖车里的卫生间门前，他把一只耳朵贴在门上，仔细听着……

是他自己在幻想吗？还是他真的听到里面有沙沙声？卷毛从腰带上取下手枪。

终于，他确定了，就是有东西在门后移动！

卷毛一脚踹开卫生间的大门，但是这里没有什么尾巴亮晶晶的毒蛇，是卷毛紧张过度了。但是不幸的是，他的手指比他的脑子先一步有了动作。

枪响的声音把卷毛吓了一跳，同时也吓坏了坐在瓷砖地板上自娱自乐的田鼠。子弹嗖一声从田鼠那长着胡须的脑袋上方掠过，把便桶打得粉碎。田鼠立刻跑开了。这只一直吱吱作响的灰色模糊物体从卷毛的两脚间窜出了门口。

卷毛的手不停地颤抖着，他放下了手枪，难过地看着他所做的一切。他不小心射中了便桶。

这将是一个漫长的周末。

埃伯哈特先生正在书房里读书，这时埃伯哈特太太带着焦虑的神情走了进来。

"那个警察来咱们家了。"她说。

"哪个警察？"

"就是那个把罗伊送回家的警察，你最好见见他，和他聊聊。"

德林科警官正坐在客厅里，手里拿着帽子。"很高兴再次见到您。"他对罗伊的父亲说。

"是出了什么事吗？"

"是关于罗伊的。"埃伯哈特太太插嘴道。

"很可能是关于他的,"德林科警官说,"我也不太确定。"

"我们都坐下聊吧。"埃伯哈特先生建议道。他受过很好的训练,在信息不全时,习惯保持冷静,"请您告诉我们发生了什么。"

"罗伊在哪儿呢?他在家吗?"警官询问道。

"不在,他去朋友家做科学实验了。"埃伯哈特太太回答。

"我之所以这么问,"德林科警官解释道,"是因为刚才我在东金莺街上看到了几个孩子。其中一个看起来很像你们的儿子,奇怪的是,他先朝警车招手,又突然跑掉了。"

埃伯哈特先生皱着眉头说:"跑掉了?听起来不像罗伊的所作所为。"

"当然不像是他。"埃伯哈特太太同意道,"他为什么要这么做?"

"孩子们把一辆自行车落在了街上。"

"哦,那不是罗伊的。他的自行车没气了。"罗伊的母亲说。

"是的，我记着呢。"警察说道。

"我们不得不买一个新轮胎。"埃伯哈特先生补充道。

德林科警官耐心地点了点头："我知道这不是罗伊的自行车。这辆车是放学之后，有人从崔西中学偷出来的。"

"你确定吗？"埃伯哈特先生问。

"是的，先生。我在警局的系统里查询这辆自行车的序列号时，发现了这一点。"

屋里变得鸦雀无声。罗伊的母亲眼神沉重地看了罗伊的父亲一眼，然后回头看向了警官。

"我的儿子不是小偷。"她坚定地说。

"我不是在指控谁。"德林科警官说道，"那个逃跑的男孩看起来很像罗伊，但我不确定。我之所以问你们这些问题，首先是因为你们是罗伊的父母，其次是因为这是我的工作。"警官转向罗伊的父亲寻求支持。"作为司法部门的一名成员，埃伯哈特先生，我相信您可以理解的。"

"是的。"罗伊的父亲心不在焉地喃喃道,"你在街上看到了几名孩子?"

"至少有两名,也可能有三名。"

"他们都跑掉了吗?"

"是的。"德林科警官尽可能让自己显得专业一些,也许有一天他可以申请成为 FBI① 的特工,埃伯哈特先生可以为自己说些好话。

"一共有多少辆自行车?"埃伯哈特先生问道。

"只有一辆。如果你们想看看的话,它在车里放着。"

罗伊的父母随着警官来到了车道,警官打开了他的维多利亚皇冠警车。

"你们见过这辆自行车吗?"德林科警官指了指偷来的自行车,这是一辆沙滩巡洋舰款式的自行车。

"我没见过。"埃伯哈特先生说,"莉兹,你见过吗?"

罗伊的母亲强咽了一口唾沫。这辆自行车看起来很像罗伊的新朋友比阿特丽斯从学校陪他回家时骑的那辆。

---

① 美国联邦调查局。

在罗伊的母亲厘清她的思绪之前，德林科警官说："哦，我差点忘了。你们见过这个吗？"他从口袋里掏出一条衬衫袖子的布条。

"这个是和自行车一起被发现的吗？"埃伯哈特先生问。

"在自行车附近发现的。"德林科警官略有些心虚。建筑工地实际上和他看到孩子们的地方相距好几个街区。

"看起来熟悉吗？"他问埃伯哈特先生，一边举起烂布条。

"不熟悉。"罗伊的父亲回复道，"莉兹，你呢？"

埃伯哈特太太听起来舒了一口气。"这个绝对不是罗伊的。"她对德林科警官说，"他一件绿色的衣服都没有。"

"那个男孩逃跑的时候穿着什么颜色的衬衫？"埃伯哈特先生问。

"我看不清楚。"巡警承认道，"他离我太远了。"

这个时候电话铃响了，罗伊的母亲赶忙回屋接电话。

德林科警官靠近罗伊的父亲说："对不起，打扰你们了。"

"正如您说的那样，这都是工作的一部分。"埃伯哈特先生依然很礼貌，尽管他知道德林科警官向他们隐瞒了一些关于绿布条的信息。

"谈到工作，"德林科警官说，"您记不记得那天晚上我把罗伊送回家，因为罗伊的车胎漏气了？"

"当然。"

"在那种糟糕的天气里。"

"是的，我记得。"埃伯哈特先生有点不耐烦地说。

"他有没有跟您提过为我写一封信？"

"什么样的信？"

"给我们警局的局长写一封信。"德林科警官说，"不是什么大不了的信，只是一张可以永久放入档案的字条，说你们感激我送你们的孩子回家，这就行。"

"这张字条需要寄给局长吗？"

"或者给我们长官，给我的警司也行。罗伊没跟您说过吗？"

"我印象中没有说过。"埃伯哈特先生说道。

"你们知道孩子是什么样的，他可能忘了。"

"你的警司叫什么名字？我看看能做些什么。"罗伊的父亲毫不掩饰自己的不耐烦，他对这个咄咄逼人的警官的耐心到达了极限。

"实在是太感谢您了。"德林科警官露出了微笑，他握着埃伯哈特先生的手说，"如果想要取得成功，每一点帮助都是必要的。尤其是您这样的联邦特工的感谢信——"

但是他没有机会把他上司的名字说给埃伯哈特先生了，因为就在这时，埃伯哈特太太从前门冲了出来，一手拿着一个紫色的钱包，一手拿着汽车的钥匙。

"莉兹，发生什么了？"埃伯哈特先生大叫道，"谁打来的电话？"

"急诊室的电话。"她上气不接下气地大声喊道，"罗伊受伤了！"

12
急诊室里的谎言

罗伊累得精疲力竭。丹纳·马西森试图在清洁工的杂物间里勒死他这件事，仿佛发生在一百多年前，实际上，这件事就发生在当天下午。

"谢谢你。我们现在扯平了。"比阿特丽斯·利普说道。

"也许吧。"罗伊说。

他们在椰子湾医疗中心的急诊室门前等着，这所医疗中心看起来更像一个大的诊所，而不是一家医院。他们俩一人搀着比阿特丽斯弟弟的一条胳膊，走了大概一英里，终于来到了这家医疗中心。

"他会没事的。"罗伊说道。

有那么一会儿,他觉得比阿特丽斯马上就要哭了,他伸出手来,捏了捏她的手,很显然她的手要比自己的大很多。

"他是一只打不死的小蟑螂。"比阿特丽斯抽了抽鼻子说道,"他会没事的。"

一位穿着天蓝色手术服,戴着听诊器的女士朝他们走来,她说自己是冈萨雷斯医生。

"告诉我罗伊发生了什么事。"她说道。

比阿特丽斯和真正的罗伊焦急地交换了一个眼神,她的弟弟不允许他们把他的名字告诉这家医院,胭脂鱼捕手害怕他的母亲会找到他。这个男孩痛得不行,罗伊不想与他争辩。当急诊室的工作人员问比阿特丽斯她弟弟的姓名、地址、电话号码的时候,罗伊冲动地走上前去,让他自己的信息脱口而出。也许这是让胭脂鱼捕手获得治疗的最快方式。

罗伊知道这会给自己带来麻烦,比阿特丽斯·利普也清楚这一点。为此,她特别感激罗伊。

"我的弟弟被一只狗咬了。"她对冈萨雷斯医生说。

"是好几只狗。"罗伊补充道。

"什么样的狗?"医生问。

"那种大狗。"

"他怎么被狗咬的?"

听到这个问题,罗伊让比阿特丽斯继续回话,因为她对撒谎更有经验。

"他是在橄榄球训练的时候被狗咬的。"她说道,"他跑回家时,全身都发肿了,于是我们尽快把他送到这里。"

"哼。"冈萨雷斯医生皱了皱眉头。

"怎么,您不相信我?"比阿特丽斯的愤怒看起来是真的,罗伊微微有些震惊。

医生却不那么容易被欺骗,她说:"我相信你的弟弟被狗咬了。"她说道:"我只是不相信他是今天被咬的。"

比阿特丽斯愣在那里,罗伊知道他必须想个主意,而且必须得快。

"他胳膊上的伤口不是最新的伤口,"冈萨雷斯医生解释道,"根据伤口化脓的情况,我断定他至少在十八或者二十四小时之前就被狗咬了。"

比阿特丽斯看起来心烦意乱，罗伊没有等她恢复自己的思绪，就说道：

"是的，十八个小时，那就对了。"他对医生说。

"我不明白你的意思。"

"他被狗咬了之后，立刻昏迷了，"罗伊说道，"第二天，他才醒过来，然后跑回家。之后比阿特丽斯找到我，问我能不能帮忙把他送到医院。"

冈萨雷斯医生用严厉的眼神盯着罗伊，然而她的语气里却带着一丝揶揄。

"小伙子，你叫什么名字？"

罗伊深吸了一口气，他对她的问题毫无准备。

"特克斯。"他很不自信地回答道。

比阿特丽斯用胳膊肘轻轻地推了推他，仿佛在说：你只能想到这个名字吗？

医生交叉着双臂说："好吧，特克斯，我们必须把这些搞清楚。你的朋友罗伊在橄榄球场被几只大狗咬了，没人试图帮助他，他整晚都失去了知觉，甚至第二天过了大半天都没有醒来。突然间，他清醒了，跑回了家。我说得对吗?"

"是的。"罗伊点了点头,他真的不擅长撒谎,他知道这一点。

冈萨雷斯医生再一次用严肃的目光看向比阿特丽斯:"为什么是你把你的弟弟送到医院?你们的父母呢?"

"他们在工作。"比阿特丽斯回复道。

"难道你们没给他们打电话,告诉他们你弟弟进了急诊室吗?"

"他们是捕蟹船上的船员,没带手机。"

这个说法真不错,罗伊心想。然而,医生并不买账。

"很难理解。"她对比阿特丽斯说,"为什么你的弟弟失踪了这么久,家里人漠不关心,也不给警察打电话?"

"有些时候,他会离家出走。"比阿特丽斯平静地说道,"而且他会很长一段时间不回家。"

这是比阿特丽斯给出的最接近事实的答案,讽刺的是,就是因为这个回答,冈萨雷斯医生相信了他们。

"我现在先给罗伊做个检查。"她对他们说,"在此期间，你们两个可以润色一下你们的故事。"

"他现在怎么样了？"比阿特丽斯问。

"好多了，给他打了破伤风针，现在我们要给他注射抗生素和止痛药，止痛药起效很快，他现在很困。"

"我们现在可以看看他吗？"

"现在不行。"

医生刚离开，比阿特丽斯和罗伊就赶忙走到外面——外面说话更方便。罗伊坐在急诊中心的台阶上，比阿特丽斯依旧站着。

"女牛仔，我们瞒不过他们的，如果他们发现弟弟不是你的话……"

"是啊，这是个问题。"罗伊同意道，这是他说过的最轻描淡写的一句话。

"如果罗娜知道的话，他会被送往青少年拘留所。"比阿特丽斯阴郁地说道，"她会给他找个离这里很远的军事学校，比如说关岛，这样他就再也不能逃跑了。"

罗伊不能理解为什么一位母亲要竭尽全力地摆脱自己的儿子，但是他知道这样的悲剧时不时就会发生。他听说有时候一些父亲也是这样的，一想到这里，罗伊就觉得非常沮丧。

"我们必须想个主意。"他对比阿特丽斯说。

"你知道吗,特克斯?你真的很棒。"她捏了捏罗伊的脸颊,然后走下楼梯。

"嘿,你去哪儿呢?"他在她身后叫道。

"为我爸爸准备晚餐。我每天都要做这件事。"

"你开玩笑吗?你不会把我一个人留在这儿吧?"

"对不起。"比阿特丽斯说,"如果我不在家的话,爸爸就会神经紧张。他烤面包都会烧着自己的手指。"

"罗娜难道不回家做饭吗?"

"不,她在麋鹿酒吧当服务员。"比阿特丽斯轻快地朝罗伊挥了挥手,"我会尽快回来,不要让他们给我弟弟做手术。"

"等一下!"罗伊激动得跳了起来,"可不可以告诉我他的真实名字,发生了这么多事,我应该知道他的名字吧。"

"对不起,女牛仔。我不能告诉你。很久之前,我对他发了血誓。"

"求你了!"

"如果他想让你知道的话,"比阿特丽斯说,"他会自己告诉你的。"接着,她跑开了,脚步声消失在夜色中。

罗伊步履蹒跚地回到急诊室,他知道母亲一定会为他担心,于是就问前台工作人员可否借用一下电话。电话响了好几声,埃伯哈特夫妇的答录机才接通。罗伊留言说他和比阿特丽斯的实验做完他就回家。

罗伊独自一人在等候区坐着,他随手翻阅着杂志,直到找到了一本《户外生活》。里面刊载着一篇在落基山脉钓凶猛鳟鱼的文章,这个故事最精彩的地方在于配图——一位垂钓者站在水齐膝深的西部蓝色河流中,河流两旁是高大的杨树,远处依稀可见成排的雪山。

当听到外面的警笛声越来越近时,罗伊正在思念蒙大拿州,他觉得自己现在应该去买一瓶可乐,尽管他口袋里只有二十美分。

实际上,罗伊不想待在急诊室看警笛为何而鸣,他没有准备好目睹他们把一个受伤的人甚至一个将死的人抬进来。

其他孩子可能会对血腥的东西很感兴趣,但罗伊不会。他七岁时和家人住在密尔沃基附近，看到一个喝醉酒的猎人全速驾驶着一辆雪地车撞上了一棵老桦树，罗伊和父亲当时正在滑雪，事故发生在离他们滑雪的斜坡只有一百码远的地方。

埃伯哈特先生赶忙跑过去帮助那位受伤的猎人，罗伊紧紧地跟在后面。他们跑到老桦树下时，已经来不及了。死者浑身是血，身体以一种奇怪的方式扭曲着，就像一个破碎的G.I.乔①品牌的"特种部队系列"的人形玩偶。罗伊永远忘不了当天看到的情景，也希望永远不会再看到这样的事情发生。

因此，罗伊不想待在急诊室，看新的病人被送进来，于是他从侧门溜走了。他在医院大概转了十五分钟，直到一位护士拦住了他。

"我想我迷路了。"罗伊说，极力表现出困惑的神情。

"看得出来。"

护士带着他穿过一条后廊来到了急诊室，罗伊看到里面并没有变得像自己想象中那么混乱，也没有新的病

---

① 美国玩具品牌。

人，不由得松了一口气，这个地方和他离开的时候一样安静。

罗伊感到十分困惑，他走到窗户旁，看向窗外。停车位上没有救护车，只停了一辆警车。也许是自己搞错了，没有人受伤，罗伊一边想着，一边再次读起了杂志。

很快，罗伊听到胭脂鱼捕手的病床所在的方向传来了一阵噪声，好像是有人在病人等候区吵了起来。罗伊紧张了起来，走过去想弄明白发生了什么。

其中一个声音盖过了其他的声音，罗伊沮丧地发现他知道这是谁在说话，他紧张而又沮丧地坐在那儿，寻思下一步该做什么。接下来，他又听到另一个熟悉的声音，他知道自己已经没有其他选择。

他推开了病房门。

"嘿，爸爸，妈妈！"他大喊道，"我在这儿！"

德林科警官坚持要送埃伯哈特夫妇到医院去，因为这样做很有礼貌，而且还可以在埃伯哈特先生面前给自己加分。

12 急诊室里的谎言

德林科在心中暗自期望埃伯哈特的儿子没有参与煎饼屋施工工地上连续发生的几起事件，要是罗伊真的参与了，他就真的不知道该怎么处理了！

在前往医院的路上，罗伊的父母坐在后排，两人小声交流着。罗伊的母亲说她很难想象自己的儿子在做实验的时候竟然被狗咬了："也许是与那些碎牛肉有关吧！"

"碎牛肉？"罗伊的父亲问道，"什么样的学校作业需要牛肉？"

德林科警官透过后视镜看到埃伯哈特先生把胳膊搭在了妻子的肩上，埃伯哈特太太的眼睛湿润了，她紧紧地咬着下嘴唇，埃伯哈特先生则看起来像时钟的发条一样紧绷。

他们到达急诊室时，前台工作人员声称罗伊现在正在睡觉，不能被打扰。埃伯哈特夫妇试图和他理论，但是工作人员坚决不同意让他们进去。

"我们是他的父母。"埃伯哈特先生平静地说，"我们想马上见到他。"

"先生，别逼我叫主管来。"

"你把神仙叫来也没用。"埃伯哈特先生说,"我们得进去。"

工作人员在他们闯入病房前阻止了他们。"你们不能进去!"他一边说着,一边飞快地跑到了埃伯哈特夫妇前面,堵住了通往病房的走廊。

德林科警官迈步向前,以为自己的警服可以软化工作人员的态度,但是他错了。

"坚决不能探视。医生的诊断上写着呢!"工作人员严肃地挥舞着写字板,"恐怕你们都得回到等候室,你也是,警官。"

德林科警官退后了几步,但是埃伯哈特夫妇并没有让步。

"听着,我们的儿子躺在那里。"罗伊的母亲提醒那位工作人员,"您给我们打过电话,记得吗?您让我们过来的。"

"是的,只要医生同意了,你们马上可以见到罗伊。"

"马上联系医生。"埃伯哈特先生的声音依然很平静,但是音量明显升高了,"赶快给医生打电话,如果你忘了怎么打电话,我们可以教你。"

12 急诊室里的谎言

"医生现在在休息,她二十五分钟之后回来。"工作人员简单地说。

"但是她现在就可以在这里找到我们。"埃伯哈特先生说,"我们马上要见我们的儿子,如果你现在还不滚开,我就把你踢到乔科洛斯基去。明白了吗?"

工作人员脸色变得苍白:"我……我马上向我们主管报告。"

"真是个棒主意。"埃伯哈特先生拉着妻子的胳膊,从他身边走过,朝急诊室走去。

"等一下!"一位女士在后面厉声说道。

埃伯哈特夫妇停下来,转过身,看到一位女士从一扇标有"员工专用"的门里走出来,她穿着天蓝色手术服,戴着听诊器。

"我是冈萨雷斯医生,你们要到哪儿去?"

"去见我们的儿子。"埃伯哈特太太回答道。

"我阻止过他们。"前台的工作人员尖声说。

"你们是罗伊的父母吗?"医生问埃伯哈特夫妇。

"我们是。"罗伊的父亲看到医生用一种奇怪的好奇的眼神打量着他们。

"对不起，也许我有些唐突，"她说，"但是你们看起来不像是在捕蟹船上工作的。"

"你到底在说什么？"罗伊的母亲说，"难道这个医院里的所有人都是神经病吗？"

"也许有什么误会。"德林科警官插嘴道，"埃伯哈特先生是联邦执法人员。"

冈萨雷斯医生叹了口气说："我们一会儿再谈这个，好了，我们先看你们的儿子吧。"

急诊室病房里共有六张床，其中五张都是空的，第六张床被一条白色的帘子围了起来，这是为了保护患者的隐私。

"我们给他的静脉注射了抗生素，他现在状态很不错。"冈萨雷斯医生低声说道，"除非我们找到咬伤他的那些狗，否则我们不得不给他注射一系列的狂犬病疫苗，这可不好玩。"

埃伯哈特夫妇走到那张封闭的床前，互相紧紧挽着胳膊，德林科警官跟在他们后面，想知道罗伊穿着什么颜色的衣服，巡警的口袋里还放着从宝拉妈妈建筑工地周围的铁栅栏上取下的绿色布条。

12 急诊室里的谎言

"如果他在睡觉,请你们不要惊讶。"医生小声说道,轻轻地把床周围的帘子拉了起来。

好长一段时间,没人说一句话,四个人站在那里,满脸茫然,直勾勾地盯着空空的病床。

金属支架上吊着一个装着姜黄色液体的塑料袋,静脉输液管断开了,在空中晃来晃去。

终于,埃伯哈特太太深吸了一口气,问道:"罗伊去哪儿了?"

冈萨雷斯医生无助地拍打着手臂。"我只是……我真的……我真的不知道。"

"你不知道?"埃伯哈特先生打断了她,"前一分钟,一个受伤的男孩躺在床上,下一分钟,他就消失不见了?"

德林科警官走上前去,站在埃伯哈特先生和医生中间,他害怕罗伊的父亲因为极度悲伤而做出什么失去理智的事情。

"我们的儿子在哪儿呢?"埃伯哈特先生再一次追问道。

医生按铃把护士叫了过来,然后所有人开始在急诊室里疯狂地搜寻罗伊。

"他是这里唯一的病人。"埃伯哈特先生气愤地说,"你们怎么可能弄丢唯一的一位病人呢?发生什么事了?难道是外星人在你们休息的时候把他绑架到他们的飞船上了?"

"罗伊,罗伊,你在哪儿?"埃伯哈特太太大声喊道。

她和冈萨雷斯医生开始检查其他的五张床。德林科警官冲着他的对讲机说:"我需要支援。"

就在这时,急诊室病房的大门被撞开了。

"妈妈!爸爸!我在这儿!"

埃伯哈特夫妇紧紧地抱着他们的儿子。

"小恶魔。"德林科警官拿着他的对讲机,咯咯地笑了。他很高兴看到罗伊没有穿绿色的衬衫。

"什么?"冈萨雷斯医生严肃地拍了拍手,"所有人等一下。"

埃伯哈特夫妇抬起头来疑惑地看着她,看起来这位医生似乎对找到丢失的病人这件事并不开心。

"他是罗伊吗?"她指着他们的儿子问道。

"当然是了,否则他还能是谁呢?"埃伯哈特太太吻了一下儿子的额头,"亲爱的,赶快到病床上去——"

"不要着急。"埃伯哈特先生说,"我不知道这儿到底发生了什么,但我觉得我们有必要向医生道歉。也许需要道歉的地方还有很多。"他把手放在罗伊的肩膀上,"伙计,让我们看看你的伤口。"

罗伊垂下了他的眼睛:"爸爸,我没有被咬伤,被咬伤的不是我。"

埃伯哈特太太呻吟着:"好吧,现在我明白了,我一定是疯了,对吧?我简直是个胡言乱语的疯女人!"

"大家好,打扰一下,我们还有一件很重要的事情没有解决。"冈萨雷斯医生说道,"我们有一个病人丢了。"

德林科警官完全困惑了,他再一次拿起对讲机,准备和总部通话。

"在我的脑子爆炸之前,"埃伯哈特太太说,"能不能有人给我解释一下到底发生了什么?"

"只有一个人可以解释清楚。"埃伯哈特先生指着罗伊说。罗伊当场就想钻到地洞里。他的父亲转过身来,面对着冈萨雷斯医生。

"特克斯？"她一边问一边皱起了眉头。

罗伊羞得满脸通红："真的对不起。"

"这是医院，不是让你随便开玩笑的场所。"

"我知道这不是开玩笑的地方，真的很抱歉。"

"如果你是真正的罗伊，那么躺在床上的那个年轻人是谁？他去了哪里？我想要真实的回答。"

罗伊盯着自己的运动鞋，他从来没经历过像这样的一天，所有的事情都出了差错。

"儿子，"埃伯哈特先生说，"回答医生的问题。"

罗伊的母亲捏了捏他的胳膊："快点，亲爱的，这个问题很重要。"

"大家放心，我们一定能够找到他。"德林科警官插话说，"马上就能。"

罗伊绝望地抬头看向那些成年人。

"我不知道那个男孩叫什么，我也不知道他去哪儿了。"罗伊说，"对不起，我说的是实话。"

从字面上看，的确是事实。

13

坦白

罗伊洗完澡出来时,他的母亲已经做好了一锅意大利面。他狼吞虎咽地吃了三份,餐桌上的气氛如象棋赛场一样安静。

放下刀叉之后,罗伊看了看父亲。

"我们去书房吧?"

"好吧。"

罗伊已经很久没有被打屁股了,他怀疑这一次是否要挨打。每当罗伊需要解释严重的事情时,父亲就请他去书房交谈。今晚,罗伊太累了,他不知道自己是否可以解释清楚。

他的父亲已经在书房里等着了,坐在宽大的胡桃木书桌后面。

"你手里拿了什么?"父亲问罗伊。

"一本书。"

"嗯,我知道是一本书,我是问具体是关于什么的书。"

每当罗伊的父亲觉得没有得到他想要的回答,他说话的语气就会变得很讽刺。罗伊觉得父亲之所以形成这样的习惯可能是因为他一直在审讯那些狡诈分子——比如黑帮、间谍,或者其他类似的犯罪分子。

"我在想,"他对罗伊说,"这本书是否能为今晚发生的事提供线索。"

罗伊把这本书放在书桌上:"这本书是两年前的圣诞节,您和妈妈送给我的。"

"我记得。"他的父亲扫视了一下书的封面,"《西布利观鸟指南》,你确定不是生日的时候送你的吗?"

"我确定,爸爸。"

罗伊记得在一次和父亲打赌赢了之后,自己就把这本书纳入了自己的圣诞礼物清单。那天下午,他们看到

13 坦白

一只红棕色的大型猛禽从天空俯冲下来,在加拉廷河谷的一个牧场抓住了一只地松鼠。罗伊的父亲与罗伊赌一杯奶昔,他认为这只鸟是一只年轻的秃鹰,头顶的羽毛还没有变白;罗伊则认为这只鸟是一只成年的金鹰,虽然金鹰在干燥的草原更常见。在他们前往博兹曼图书馆,并查看了《西布利观鸟指南》之后,罗伊的父亲终于承认罗伊才是正确的。

埃伯哈特先生拿起书,问道:"所以这本书与今天医院里的那场闹剧有什么关系呢?"

"请您打开书的第278页。"罗伊说,"我给您标注了。"

他的父亲把书翻到了那一页。

"穴居猫头鹰,"他大声读着书中的内容,"属于普通穴鸮品种,长腿、短尾,拥有又长又窄的翅膀和扁平的头部。只有小猫头鹰才会在白天出没。"他的父亲抬起头疑惑地盯着罗伊:"这与你们的科学实验有关吗?"

"没有什么科学实验。"罗伊承认道。

"那你为什么问你妈妈要碎牛肉呢?"

"给猫头鹰吃了。"

"继续。"埃伯哈特先生说道。

"这个故事很长,爸爸。"

"我有的是时间。"

"好吧。"罗伊说,他有些疲惫地想,也许打屁股要更痛快些。

"是这样的,有个男孩,"他开始说,"和我年龄相仿……"

罗伊把发生的一切都告诉了父亲——准确来说,几乎全盘托出,但没有提到那个男孩放出的蛇都是有剧毒的,也没有提到男孩把蛇的嘴巴都粘上了。这些细节一定比那些轻微的破坏财物的行为更使埃伯哈特先生感到震惊。

罗伊决定不告诉父亲比阿特丽斯的弟弟自称胭脂鱼捕手,以防父亲决定联系警察,或者在政府的电脑上备案,毕竟胭脂鱼算是易危物种。

罗伊就这么给父亲讲了自己了解到的那个男孩的信息,他的父亲从头至尾都没有打断他,一直听了下来。

"爸爸,他真不是个坏男孩。"罗伊最后说道,"他只是想救那些猫头鹰。"

埃伯哈特先生沉默了几分钟，再次打开《西布利观鸟指南》，翻看着那些小鸟的彩色照片。

"明白了吗？如果宝拉妈妈公司的人用推土机在那块空地上施工，一定会破坏猫头鹰的巢穴。"罗伊说。

埃伯哈特先生把书放到一边，疼爱地看着自己的儿子，然而他的眼神里闪过一丝忧伤。

"罗伊，他们拥有那块空地的所有权，他们可以想干什么就干什么。"

"但是……"

"他们很可能已经拿到了所有的法律文件和许可。"

"他们甚至有埋葬猫头鹰的许可证吗？"罗伊难以置信地问。

"猫头鹰会飞走的。它们可以在其他地方寻找其他洞穴。"

"如果它们有孩子该怎么办？它们的孩子怎么飞走呢？"罗伊生气地喊道，"怎么飞，爸爸？"

"我不知道。"他的父亲承认道。

罗伊紧追不舍地问："如果一群陌生人有一天带着推土机突然出现在我们家里，扬言要把这座房子夷为平地，你和妈妈会高兴吗？他们只需要说：'不要担心，埃伯哈特先生和埃伯哈特太太，这不是什么大不了的事，收拾好东西，搬到另一个地方。'听到这些话，您又是什么感受？"

罗伊的父亲慢慢地站了起来，仿佛肩膀上压着千斤的重担。

"我们出去走走。"他说道。

这是一个宁静的夜晚，皎洁的月光从屋顶倾泻下来。许多昆虫绕着街灯盘旋，像飞舞的五彩纸屑一样。在街区的尽头，可以听到两只猫在相对嚎叫。

罗伊的父亲走在街上，下巴微微收回来，手插在口袋里。

"你长得真快。"他评论道。听到这话，罗伊有些吃惊。

"爸爸，我是我们班第三矮的。"

"我不是这个意思。"

他们就这么走着，走过一条又一条街道，他们谈论着各种让人舒服的话题——学校趣闻、各类运动、学校里的运动比赛——最后罗伊又把对话转到"胭脂鱼捕手"这个微妙的话题上,他想知道父亲的看法。

"您记得去年夏天我们在麦迪逊峡谷漂流的那一次吗?"

"当然记得。"他父亲说,"我们坐在漂流船里顺流而下。"

"是的。"罗伊说,"您记得在白杨林里我们一下子看到了五只猫头鹰吗?一共有五只呀!"

"是的,我记得。"

"您还记得您本打算拍照片,相机却掉到了河里吗?"

"是啊,我不小心让相机掉到了河里。"罗伊的父亲不好意思地回忆道。

"是啊,那可是千载难逢的机会啊!"

"是的,如果那次抓拍成功了的话,一定能拍出一张很好的照片。五只猫头鹰站在同一棵树上。"

"是啊。"罗伊说,"这真是太神奇了。"

这个猫头鹰的故事成功把话题引回到今天的事情上来,罗伊的父亲明白了罗伊的意图。

"今天你提到的那个男孩——你真的不知道他的名

字吗？"

"他没有告诉我，比阿特丽斯也没有。"罗伊说，"我说的是实话。"

"他没有用他继父的姓吗？"

"利普？没有，比阿特丽斯说没有。"

"你说他没有上学。"

罗伊感到十分沮丧。听起来好像他的父亲想要向上报告这个男孩逃学的情况。

"我担心的，"埃伯哈特先生说道，"是这个家庭的境况。听起来，他的家庭氛围并不好。"

"是的，并不好。"罗伊继续说，"这就是为什么他不愿意住在家里。"

"他有没有一些亲人可以照看他呢？"

"他自己一个人住感觉很好。"罗伊说。

"你确定吗？"

"爸爸，不要把他关起来。求您了。"

"在不知道他在哪儿的情况下，我怎么能把他关起来呢？"罗伊的父亲朝他眨了眨眼，"实际上我打算这么做：我打算好好思考一下这个问题，我建议你也应该好好想一想。"

"好吧。"罗伊说,他怎么还能想其他事呢?甚至与丹纳·马西森的打斗也是一个遥远、模糊的梦。

"我们现在该回家了。"他的父亲说,"天色已晚,而且你今天度过了漫长的一天。"

"真的很漫长。"罗伊同意道。

罗伊躺在床上,难以入睡。他的身体很疲惫,但是脑子却很清醒,不停地回忆着白天所发生的事,他决定起来读一会儿书。罗伊找到了一本《记忆中的土地》,这本书是他从学校里借的,讲述了1850年居住在佛罗里达州的一家人的故事。当时佛罗里达州还是荒蛮一片,居住人口很少,沼泽和森林里到处都是野生动物。也许那个时候穴居猫头鹰生活得很自在,罗伊沉思道。

一个小时之后,罗伊被一阵敲门声吵醒了。他的母亲进来和他说晚安。她把书从罗伊手里拿走,关上了床头柜上的台灯,坐在了床角,问罗伊感觉怎么样。

"我很有挫败感。"罗伊说。

罗伊的母亲轻轻地把被子掖在了他的脖子下。尽管罗伊感到很热,但是他没有制止母亲的动作。这就是妈妈，她控制不了自己。

"宝贝，"她说，"你知道我们有多么爱你。"

噢噢，罗伊想，现在该妈妈教训他了。

"但是今晚你在医院的急诊室让一个孩子用你的名字住院。"

"妈妈，这是我的主意，不是他的。"

"我知道你是出于好心。"她说，"但无论如何，这依然是个谎言，提供了虚假的信息，或者别的。这件事很严重，宝贝。"

"我知道。"

"你的父亲和我只是不想看你遇上麻烦，即使是为了朋友。"

罗伊用一个胳膊肘支撑着自己的身体。"如果问他要真实的名字的话，他一定会逃跑的。我不能让这种事发生，他病了，需要看医生。"

"我明白，相信我，我真的明白。"

"他们一直在问他各种讨厌的问题，妈妈，与此同时，他发着高烧，差点晕倒了。"罗伊说，"也许我做得不对，但是有必要的话，我还会这么做的。我真的是这么想的。"

罗伊以为母亲会温和地指责他,但是母亲只是微笑着。她用手把毯子铺平,说道:"宝贝,有时候会遇到好坏界限不太清楚的情形,你的心告诉你去做一件事,你的脑子却有着不同的想法。遇到这种情况,你要两面兼顾,然后做出最好的判断。"

嗯,罗伊想,我就是这样做的。

"这个男孩,"他的母亲说,"为什么不告诉别人自己真实的名字?为什么他要从医院里逃走?"

胭脂鱼捕手是从X光室隔壁的女洗手间的窗户逃走的,临走之前,他把破烂的绿衬衫挂在了戴维·德林科警官巡逻车的天线上,那辆巡逻车刚好停在急诊室旁。

"他之所以逃跑,"罗伊说,"可能是因为怕别人把他的行踪告诉他的妈妈。"

"告诉他妈妈又怎么样?"

"他妈妈再也不想要他了,她会把他锁在青少年拘留所里。"

"什么?"

"他母亲把他送入了一所军事学校，"罗伊解释说，"而且不希望他回家。比阿特丽斯亲耳听到他母亲这么说的。"

罗伊的母亲歪着头，仿佛不确定自己是否听错了。"他的妈妈不想要他了？"

罗伊看到母亲的眼里闪过了一道光，他不确定那是悲伤还是愤怒——也许两者都有。

"她不想要他了？"他的母亲重复道。

罗伊沉重地点了点头。

"哦，天哪。"她说。

罗伊的母亲说得如此温柔，罗伊不由得吃了一惊。他可以从母亲的声音中听出痛苦，他有些后悔告诉母亲这件事。

"对不起，妈妈。"罗伊说，"我爱您。"

"我也爱你，宝贝。"

她吻了吻罗伊的面颊，再一次把被子掖在他的身下，当她走到门口时，罗伊看到她犹豫了一下，转过身来，看着他。

"罗伊，我们为你骄傲。你应该知道这一点。你的父亲和我为你感到非常骄傲。"

"爸爸跟您说了猫头鹰的事了吗?"

"是的,他跟我说了,这太糟糕了。"

"我该做什么?"

"什么做什么?"

"没什么。"罗伊说道,"晚安,妈妈。"

无论如何,她已经回答了罗伊提出的问题。他唯一需要做的就是解决大脑和心的争吵。

14

避难所

幸运的是第二天是周六,罗伊不用一大早起来赶校车。

他坐下吃饭的时候,电话响了。是加勒特的电话,他之前从未给罗伊打过电话,现在他想让罗伊和他一起在奥特莱斯购物商场滑滑板。

"记不记得我和你说过我没有滑板?"罗伊说。

"没关系,我还有一个多余的。"

"不,谢谢了。我今天没时间。"

加勒特给罗伊打电话的真实原因是想知道丹纳·马西森在学校里究竟遇到了什么事。

14 避难所

"伙计,有人把他绑在了旗杆上!"

"不是我。"罗伊说,他不能在父母面前随便谈论这个话题。

"那是谁呢?怎么做到的?"加勒特追问道。

"不予评论。"罗伊回答道,学着胭脂鱼捕手的说话方式。

"啊,埃伯哈特,快点告诉我吧!"

"周一见!"

早饭后,罗伊的父亲带他到自行车商店去取新轮胎,到了中午,罗伊终于再一次骑上了自行车。罗伊在电话本上找到了标着"L. B. 利普"的地址,根据这个地址,罗伊很快找到了比阿特丽斯住的房子。这座房子坐落在西金莺街上,就是他第一次看到那个奔跑的男孩时校车所在的那条街道。

利普家的车道上停放着一辆凹陷的旧雪佛兰车和一辆闪亮崭新的科迈罗敞篷车。罗伊把他的自行车停在信箱旁,快步来到人行道上。他听到屋里传来大声的吵闹声,他希望这是电视机音量被调大后的声音。

罗伊使劲敲了三下门,门突然打开了,利昂·利普出现在罗伊的面前。利昂·利普大约有六英尺九英寸那么高,穿着宽松的红色运动裤和一件无袖网眼运动衫,露出了他那苍白的、水壶大小的啤酒肚。利昂看起来好像从篮球队退役之后,在健身房连五分钟都没待过,唯一可以让人看出他曾经是篮球队员的特征就是他的身高。

罗伊后退了几步,为了看清利昂的脸,利昂的表情显得专注而困惑。

"比阿特丽斯在家吗?"罗伊问。

"是的,但是她现在有点忙。"

"只需要一分钟的时间。"罗伊说,"是关于学校的一点事。"

"哦,关于学校的事。"利昂说道,仿佛他忘了自己的女儿一周的五天都去了哪里。他奇怪地哼了一声,然后步履艰难地回到屋内。

不一会儿,比阿特丽斯出现在门口。她看起来压力很大。

"我可以进去吗?"罗伊问。

"不行。"她小声说,"这会儿不行。"

"那你能出来吗?"

"嘿,不行。"比阿特丽斯焦虑地瞥了一眼身后。

"你有没有听说在医院里发生了什么?"

她点了点头:"对不起,我没能及时帮忙。"

"你弟弟还好吧?"罗伊问。

"比之前好多了。"比阿特丽斯说。

"谁在那儿?你是谁?"走廊里传来一个冰冷刺骨的声音。

"只是一个朋友。"

"一个男孩?"

"是的,一个男孩。"比阿特丽斯说道,翻了翻白眼。

一个只比比阿特丽斯高一点的女人出现在门口,她的鼻梁很尖,眼神尖锐且充满了质疑,拥有一头狂野的赤褐色鬈发。

这一定就是罗娜,胭脂鱼捕手的母亲。

"你是谁?"

"我叫罗伊。"

"罗伊,你想干什么?"罗娜咂巴着嘴。

"是关于学校的事。"比阿特丽斯说。

"嗯,好吧,但今天是周六。"罗娜说。

罗伊决定试一下:"利普太太,很抱歉打扰您。比阿特丽斯和我正在一起做学校布置的一个实验——"

"今天不能。"罗娜打断了他,"比阿特丽斯正在忙着扫除,她要打扫卧室、厨房、浴室,还有其他任何我能想到的地方。"

罗伊觉得罗娜在玩火自焚。比阿特丽斯很显然比罗娜强壮得多,而且已经被折腾得要超过她的忍耐限度。如果罗娜看到她的继女如何在罗伊的车胎上咬了一口,一定会转变自己对比阿特丽斯的态度和语气。

"也许明天吧。"比阿特丽斯对罗伊说,她的下巴紧紧地绷着。

"好吧。怎么都行。"罗伊走下台阶。

"'明天'再说吧。"罗娜带着讥讽的口吻说,她的声音低沉而又沙哑。"下一次来时先打电话。"她朝罗伊抱怨道,"你知道什么是电话吗?"

罗伊骑着自行车走了,他完全理解为什么胭脂鱼捕手宁可在丛林里游荡,也不喜欢在家里和巫婆一样的母亲待在一起了。罗伊想知道为什么一个成年人会变得如此脾气暴躁、令人讨厌。如果有一天比阿特丽斯把罗娜的头咬了下来,罗伊也一点都不会感觉奇怪。

他的第二站是丹纳·马西森的家,那里有另一个古怪的母亲。罗伊感觉丹纳的父亲也没有什么优点——是丹纳的父亲打开了门。罗伊本来期待会看到一个像尼安德特人一样的大块头,但马西森先生很消瘦,看起来紧张不安,而且面色也很不健康。

"嘿,我的名字是罗伊。"

"对不起,我们不感兴趣。"丹纳的父亲礼貌地说道,准备关上门。

"我不是来卖东西的。"罗伊透过门缝说,"我是来找丹纳的。"

"哦。不行。"马西森先生再一次打开了房门,压低声音说道,"让我猜一猜,他雇用你替他做家庭作业吧?"

"哦,先生,不是的,我只是他在学校的一个朋友。"

"一个'朋友'?"

罗伊知道丹纳在学校没有多少朋友,他仅拥有的一些朋友看起来比他块头还大，比他还要刻薄。

"我早上和他一起乘校车。"罗伊说，决定再重复比阿特丽斯的话，"我们一起做实验。"

马西森先生皱起了眉毛："你在开玩笑吗？你到底是谁？"

"我和你讲了。"

丹纳的父亲取出自己的钱包道："好吧，年轻人，不要再开玩笑了。我欠你多少？"

"欠我什么？"

"我儿子的家庭作业。"马西森先生举起了一张五美元的钞票，"和往常一样的价钱吗？"

马西森先生看起来非常羞愧和充满挫败感，罗伊为他感到难过，很显然生养丹纳这样的傻瓜对父母来说是一种折磨。

"您一分都不欠我。"罗伊说，"他在家吗？"

马西森先生让罗伊在门口等着，过了一会儿，丹纳出现在门口，穿着皱巴巴的四角短裤和脏兮兮的运动袜。

"是你！"他咆哮着。

"是啊。"罗伊说,"是我。"

"你在看什么?女牛仔?"

没什么,罗伊想。他注意到丹纳说话不再口齿不清,他上唇的肿胀也消失不见了。

"你骑车到这里来一定是疯了。"丹纳说,"你会被踩成烂泥的。"

"出来吧。我不是一整天都有空。"

"你说什么?"

丹纳走出门廊,随手把门虚掩上,大概是不想让他父亲看到外面的流血事件。他转过身来,一拳狠狠地朝罗伊的头挥去,但罗伊早有准备,他一低头,丹纳的拳头砸在了一个玻璃喂鸟器上。

等到丹纳的哀号声停止,罗伊才开口说道:"每次你试图伤害我的时候,都会发生一些不幸的事。你难道没有注意到吗?"

丹纳弯下腰,握着他受伤的手,抬头怒视着罗伊。

"就和昨天一样。"罗伊继续说道,"你昨天想在清洁工的杂物间里杀死我,记得吗?结果你被一个女孩暴打了,扒光了衣服,绑在旗杆上。"

"我当时没有被扒光衣服。"丹纳厉声说,"我穿着内裤。"

"周一你回学校之后,所有人都会嘲笑你,所有人,丹纳,这是你愚蠢的错误导致的结果。所以,你最好离我远远的,这有多难吗?"

"是啊,当我一脚把你踢入地狱的时候,他们会笑得更厉害的,女牛仔。他们会像鬣狗一样哈哈大笑,只是你已经听不到了。"

"换句话说,"罗伊心烦地说,"你根本什么都没学到。"

"是的,你根本不可能改变我的。"

罗伊叹了口气。"我来这儿的目的只是想和你说明白,我们别再愚蠢地打架了。"

这是他的目的。如果他可以和丹纳·马西森和解,即使是暂时的和解,他也可以把精力集中在解决胭脂鱼捕手目前的困境上。

但是丹纳冲着他的脸大喊大叫:"你一定疯了,在我身上发生了那些破事之后,你早就死了,埃伯哈特,你死定了,我一点都没有开玩笑。"

14 避难所

罗伊意识到没办法和丹纳和解。"你可真是无可救药。顺便说一下,那片紫色真的很酷。"他指着丹纳肿胀的关节说。

"女牛仔,滚开!现在,立刻!"

罗伊把丹纳一个人留在门廊上,转身离开了。丹纳一边敲打着前门,一边咆哮着让父亲开门,很显然,他出来殴打罗伊的时候,门咔嚓一声锁住了。

看丹纳穿着宽松的四角短裤跳来跳去一定很有趣,不过罗伊没心情去欣赏这一幕。

罗伊把自行车藏了起来,从铁栅栏上的洞钻进了垃圾场。在白天的日光下,垃圾场看起来不那么阴森可怖,只是一片废墟。罗伊很容易就辨认出那辆锈迹斑斑的旧卡车,卡车的破旧遮阳篷上标着"乔乔冰激凌和蛋卷甜筒"的字样。

比阿特丽斯的弟弟躺在卡车后面的睡袋里,睡袋有股发霉的味道。听到罗伊的脚步声之后,他醒来了,睁开了一只眼睛,罗伊跪在他的身旁。

"给你带了一些水。"

"谢谢你，伙计。"胭脂鱼捕手接过了矿泉水瓶，"昨晚非常感谢你，你遇到麻烦了吗？"

"没什么大不了的。"罗伊说，"你现在感觉怎么样了？"

"感觉就像一堆牛屎一样。"

"你看起来比昨天好多了。"罗伊告诉他，这当然是事实。这个男孩的脸上再次透出光泽，他被狗咬的胳膊看起来不再那么肿胀和僵硬了。另一只胳膊上有一块蓝色的纽扣大小的淤伤，是男孩逃离医院前拔掉静脉注射管导致的。

"我现在不发烧了，但是浑身都疼。"胭脂鱼捕手说着从睡袋里钻了出来，他穿衣服的时候，罗伊把头扭向了别处。

"我过来想和你说一件事，是关于新修建的煎饼屋的事。"罗伊说，"我告诉了我爸爸，他对我说宝拉妈妈公司可以在那片土地上为所欲为，因为他们有相关的法律文件。我们什么都做不了。"

胭脂鱼捕手咧嘴笑了："我们？"

"我的意思是——"

"你的意思是说我们无能为力,对吗?哎呀,特克斯,你开始像一名法外之徒一样思考了。"

"我不是一名法外之徒。"

"是的,你是的,昨天在医院,那完全是一名法外之徒的行为。"

"你当时病了,需要帮助。"罗伊说。

胭脂鱼捕手喝完了水,把空瓶子扔了出去,他站起来,像一只猫一样伸了伸懒腰。

"你越界了,为什么?因为你关心发生在我身上的事,"胭脂鱼捕手对罗伊说,"就像我关心发生在那些奇怪的小猫头鹰身上的事情一样。"

"它们是穴居猫头鹰,我在书上读到过关于它们的信息。"罗伊说,"我记得它们可能不喜欢吃碎牛肉,据鸟类图书所说,它们大多数只吃昆虫和其他虫子。"

"那我就给它们抓一些虫子来。"胭脂鱼捕手的语气中带着一丝不耐烦,"关键是,在那儿发生的一切是不对的,之前属于猫头鹰的土地现在被煎饼屋公司占领了。你来自哪里,特克斯?"

"蒙大拿州。"罗伊机械地回答,接着他补充道,

"嗯，其实我出生在底特律，但是搬到这里前，我们生活在蒙大拿州。"

"我从来都没去过西部，"胭脂鱼捕手说道，"但我知道那边有山脉。"

"是的，很高的山脉。"

"我们这里也需要山脉。"男孩说，"佛罗里达州太平了，没有什么可以阻止他们用推土机从海岸线的一端推平到另一端。"

罗伊没有心情告诉他即使是山脉也不能阻止推土机进行作业。

"从我很小的时候开始，"胭脂鱼捕手说道，"我就一直看着这里的一片片土地逐步消失——松林、灌木丛、小溪、林中空地，甚至还有海滩——伙计，他们在海滩上修建那些豪华的酒店，只有那些笨蛋游客才被允许进入，这真的很令人沮丧。"

罗伊说："这样的事情到处都在发生。"

"但是这不意味着你不应该去抗争。你看这个。"男孩从破牛仔裤口袋里掏出一张皱皱巴巴的纸，"我尽力了，特克斯，你明白了吗？我让比阿特丽斯写了一封

14 避难所

信,告诉宝拉妈妈公司关于猫头鹰的事,这就是他们寄回来的东西。"

罗伊展开这张皱皱巴巴的纸,上面印着宝拉妈妈公司的印章,这封信写道:

亲爱的利普小姐,

非常感谢您的来信。

作为宝拉妈妈全美煎饼公司的代表,我们自豪地承诺会保护环境,我们将尽全力解决您所关心的问题。

我们可以向您保证宝拉妈妈会和当地政府紧密合作,完全遵守所有的法律法规以及各种条例。

真诚的,

查克·E.马克尔

集团公关副总裁

"真恶心。"罗伊把这张纸还给了比阿特丽斯的弟弟。

"是啊，这就是所谓官方回应，一个字都没提那些猫头鹰。"

他们从冰激凌卡车中钻了出来，来到了阳光下，罗伊看到一阵阵热浪从废弃的汽车上升起，形成了涟漪。

"你打算在这里藏多久？"他问那个男孩。

"一直藏到他们找到我为止。嘿，你今晚准备做什么？"

"做家庭作业。"

事实上，罗伊只有教历史课的瑞安先生布置的一小段章节需要阅读，但是他想给自己一个待在家里的借口。他感觉胭脂鱼捕手计划再一次非法闯入宝拉妈妈的建筑工地。

"好吧，如果你改变主意了，你知道日落的时候到哪个地方找我。"男孩说，"带把套筒扳手。"

罗伊感到心里充满了奇怪的理解和兴奋感，他心里又担心比阿特丽斯的弟弟将要采取的手段，又支持他。

"你还病着呢。"罗伊说，"你需要好好休息一下。"

"哈！没有时间休息。"

"但是你做的那件事是不会成功的。"罗伊坚持道,"也许会拖慢工程的进程,但不能彻底阻止他们。宝拉妈妈公司是一家大公司,他们不会就这么放弃然后离开的。"

"特克斯,就算这样我也不会放弃的。"

"他们很快就会抓住你,你会被送入青少年拘留所——"

"我会再次逃跑的,和之前一模一样。"

"难道你不想过一种正常的生活吗?"

"一个人永远都不会怀念他从没有过的生活。"比阿特丽斯的弟弟说。他说得很坚定,罗伊甚至没有从他的声音中听到一丝苦涩。

"也许有一天我会回去上学。"这个男孩继续说道,"但现在我的聪明已经够用了,虽然我不会代数,也不会用法语说'可爱的狮子狗',或者告诉你是谁发现的巴西,但我可以用两根干树枝和一块石头生火,我可以爬上一棵椰子树,从中获取新鲜的椰汁,可供我食用一个月。"

他们听到一阵发动机启动的声音,于是重新钻到冰激凌车里。

"那是一位拥有这个地方的老人的汽车发出来的声音。"胭脂鱼捕手低声说道,"他有一辆全地形汽车,超级酷。他在这里飞来飞去,就好像杰夫·戈登一样。"

全地形车的轰鸣声逐渐消失在垃圾场的另一边,男孩向罗伊打了个手势,表示外面安全了,他领着罗伊抄近路走到铁栅栏的洞口,他们一起从中溜了出去。

"你准备去哪儿呢?"罗伊问。

"我不知道。也许会去做一些侦察。"

"侦察?"

"你知道的,就是做一些侦察。"胭脂鱼捕手说,"找出今晚的目标。"

"噢!"

"你难道不想问问我的计划是什么吗?"

罗伊说:"可能我不知道会更好。"他考虑过告诉男孩自己的父亲在司法部门工作,这也许可以让男孩理解罗伊为什么不愿意参与这件事。尽管很同情猫头鹰的遭遇,但是罗伊不敢想象自己和父母在监狱里见面的场景。

"我的父亲在司法部门工作。"罗伊说道。

"那真好。"男孩说,"我的父亲整天都吃着外卖,盯着体育频道,过来,特克斯,我有些很酷的东西给你看。"

"我其实叫罗伊。"

"好吧,罗伊,跟我来。"

胭脂鱼捕手再次跑了起来。

上世纪70年代的夏天,早在罗伊·埃伯哈特出生之前,一场规模虽小但是威力极大的墨西哥风暴从墨西哥湾出发,登陆在椰子湾以南几英里的地区,虽然十英尺高的巨浪对沿海的建筑物和道路造成了巨大的破坏,但是幸运的是没有人受伤或死亡。

有一艘沉船叫莫利·贝尔,它是一艘捕蟹船,抛在水中的锚被扯断了,整艘船被冲进了一条涨潮的小溪,它在那里翻滚,直到消失在人们的视野中。

终于,风暴平息了,汹涌的海水退去了,那只失踪的捕蟹船重新浮出了水面。但是没人愿意把那艘船拉回海里,因为溪水变窄,水流湍急,溪水下的牡蛎床也很容易戳坏船底，没有哪个打捞船的船长愿意驾驶着自己的船冒险去打捞莫利·贝尔。

随着季节的变换和时间的流逝，这艘船变得锈迹斑斑，越来越残破不堪，坚固的船体和甲板都被洪水、木虫、藤壶和天气腐蚀了。二十年后，莫利·贝尔只剩下它的驾驶室那倾斜的、褪色的屋顶尚且露在水面之上——正好够两个男孩并排坐着。

罗伊享受着眼前这奇妙的宁静，茂密的红树林将这个地方与人类文明的汽笛声和敲击声隔绝开来。比阿特丽斯的弟弟闭上了眼睛，大口大口地呼吸着带着咸味的空气。

一只孤独的鱼鹰在头上盘旋，被浅滩上的鱼饵所吸引。上游一大群大海鲢宝宝滚来滚去，心想着中午的午餐。不远处，一只白鹭威严地单腿伫立着，男孩们游向那艘废弃的船，把鞋挂在船前面的树上。

"两周之前，我在这儿见过鳄鱼，约九英尺长。"比阿特丽斯的弟弟说。

"太棒了。感谢你带我来这么美丽的地方。"罗伊大笑了一声。

14 避难所

罗伊真的感觉自己幸福极了。小溪简直美得令人难以置信,这是一个能逃离现实世界的避难所,离他家后院只有二十分钟的路程。

罗伊想,如果我没有整天思念蒙大拿的话,我可能早就找到这个地方了。

胭脂鱼捕手说:"在这里你需要担心的不是鳄鱼,而是蚊子。"

"你带比阿特丽斯来过这里吗?"

"只来过一次。一只蓝蟹咬了她的脚趾,她这么说的。"

"可怜的大螃蟹。"罗伊说。

"我可以问你一个问题吗?"

"除了我的名字什么都可以。"胭脂鱼捕手说,"我不想要名字,也不需要名字,在这里尤其不需要。"

"我想问的是关于你和你母亲。"罗伊说,"你们之间发生了什么?"

"我不知道,我们从来不联系。"男孩坦诚地说,"我很久以前就忘记她了。"

罗伊觉得很难相信。

"你的亲生父亲是谁?"

"我从来都没见过他。"男孩耸了耸肩,"连一张照片都没见过。"

罗伊不知道该说什么,于是放弃了这个话题。

下游传来了一阵骚动,水面泛起了水花,十几条雪茄大小的银色鱼一齐跳了起来,试图逃离某个饥饿的捕食者。

"太棒了!它们来了!"比阿特丽斯的弟弟指着那狂乱的、以V形前进的鱼群,他扒在船舱上,让罗伊抓住他的脚踝。

"干吗呀?"

"伙计,快点,加油!"

罗伊稳住了脚,胭脂鱼捕手的身子探出舱顶,他那结实的上肢悬吊在小溪上方。

"不要放手!"胭脂鱼捕手大喊道,他伸出被太阳晒得黝黑的胳膊,把指头伸入溪水中。

罗伊的手开始松动,于是他也向前倾,把全身的重量都压在了男孩的身上,罗伊以为两个人都会滚到溪水里去,但是只要他们不被牡蛎河床刮伤就行。

"现在它们过来了！准备好！"

"明白了！"罗伊感觉男孩向下猛扑，拼尽全身的力气抓住男孩，他听到咕噜一声，水花四溅，然后是男孩胜利的声音："哇噢！哇噢！哇噢！"

罗伊抓住了男孩的皮带，把他安全拉回舱顶上。男孩翻了个身，喜气洋洋地坐了起来，双手捧在胸前。

"过来看。"他对罗伊说。

男孩手里拿着一条发亮的钝头鱼，像液体铬一样闪闪发光，罗伊不知道他如何徒手从水里打捞出这滑溜溜的小精灵，就连鱼鹰都会被这个男孩折服的。

"这就是胭脂鱼。"罗伊说。

"是的。"男孩自豪地说，"所以我有了这个绰号。"

"你到底是怎么做到的？有什么技巧吗？"

"练习。"男孩回复道，"相信我，这比做家庭作业牛多了。"

那条鱼在他的手掌心里扭动着，闪着蓝绿色的光，男孩把它举过舱顶，松开手。胭脂鱼扑通一声落在河里，消失在了漩涡里。

"再见，小伙计。"比阿特丽斯的弟弟说道，"游得快点。"

当他们游回岸边时，罗伊的好奇心占了上风，他脱口而出道："好了，你现在可以告诉我了，宝拉妈妈的施工工地上今晚会发生什么？"

胭脂鱼捕手把蜗牛从他的新球鞋里抖了出来，调皮地瞥了他一眼。"只有一种方式可以知道这个问题的答案，"他说，"就是亲自去那里。"

15

罗伊的好办法

罗伊盘坐在地上,盯着那张利文斯顿牛仔竞技会的牛仔海报看,他真的希望自己可以像牛仔冠军那样勇敢,但他不是。

破坏宝拉妈妈施工工地的计划真的很冒险,一定有什么人或者动物在等着。也许那些攻击犬已经离开了,但是宝拉妈妈公司不会让施工工地长时间没人看守。

除了害怕被抓住,罗伊也对做违法的事情感到不安——无论理由多么崇高,破坏财物就是一种犯罪。

然而他没法不去想猫头鹰的洞穴被推土机摧毁的那一天的场景,他仿佛看到小猫头鹰的爸爸妈妈无助地在它们的洞穴上空盘旋,它们的孩子则被闷死在成吨的泥土之下。

一想到这一点,罗伊感到既伤心又生气,即使宝拉妈妈公司拿到了所有的法律文件又怎么样?这只能说明事情是合法的,但不能证明这件事是正确的。

罗伊依然没有解决他的脑子和内心争斗的问题,他一定有办法帮助那些鸟——还有比阿特丽斯的弟弟——在不破坏法律的情况下。他需要想出一个好计划。

罗伊抬头看向窗外,注意到时间已经到了傍晚,夜幕正在拉开,太阳很快就要下山了,马上胭脂鱼捕手就要采取行动了。

出门前,罗伊把头探进了厨房,他的妈妈正站在火炉旁。

"你去哪儿啊?"她问。

"出去骑自行车。"

"又出去呀?你才回来。"

"什么时候吃晚饭呢?闻起来好香。"

"我做了炖肉,宝贝,没什么特别的。我们要等到七点半或八点才能吃饭,你爸爸今晚加班,晚点才能回来。"

"太好了。"罗伊说,"再见,妈妈。"

"你要去哪儿?"妈妈在罗伊身后喊道,"罗伊?"

罗伊骑着自行车全速前往丹纳家所在的街区。他把自行车锁在街道旁,神不知鬼不觉地穿过树篱,溜进了后院。

罗伊不够高,他不得不跳起来,用手扒住窗台才能看到屋内的情况。在第一个房间里他看到一个消瘦的人蜷缩在沙发上,是丹纳的父亲,他的头上敷了一个冰袋。

第二间屋子可能是丹纳母亲或者丹纳的,屋里的人穿着红色的弹力裤,戴着一头破烂的假发,罗伊觉得这应该是马西森太太,因为她在用吸尘器吸地。他压低身体,继续沿着屋外的墙壁寻找着,来到第三个窗户前。

这间对了,丹纳就在那儿。

丹纳懒洋洋地躺在床上,穿着脏兮兮的工装裤和没有系鞋带的高帮运动鞋。他戴着一副头戴式耳机,头随着音乐前后晃动。

罗伊踮起脚,用指关节敲了敲窗户,丹纳没有听见。罗伊不停地敲着,直到隔壁门廊的一只小狗开始吠叫。

又一次罗伊抬起身子往房间里偷看时,丹纳正透过窗户怒视着他。丹纳摘下了耳机,嘴里骂着难听的脏话,即使不会唇语的人都能猜到他在说什么。

罗伊笑了一下,从窗户上跳下来,落在了草地上,他向后退了两步,决定做一个像他这样腼腆的男孩通常都不会做的动作。

罗伊干脆地行了个礼,转过身来,脱掉了裤子,弯下腰,从裤裆里凝视着丹纳。

罗伊从下往上看,看到丹纳的眼睛睁得老大,可以看出丹纳从来没有受过这样的侮辱。

罗伊平静地提上了裤子,然后绕着房子走,等待着丹纳朝他怒气冲冲地冲过来。罗伊并没有等多长时间。

罗伊快速小跑了起来,丹纳在他身后二十码的地方,一边跑一边口齿不清地骂着脏话,罗伊知道自己跑得很快,所以他控制着自己的跑步速度,不想让丹纳因为挫败感放弃对自己的追逐。

然而丹纳的体力比罗伊想象的还要糟糕,才跑了三个街区，丹纳就逐渐失去了体力，愤怒的咒骂声变成了疲惫的呻吟，对罗伊的呼唤也变成了病态的喘息声。

罗伊回头看时，丹纳正一瘸一拐地走着，看起来甚至有点可怜。离罗伊想去的地方还有半英里，罗伊知道如果不休息的话，丹纳肯定到不了那里，这个可怜的胖子马上要跌倒了。

罗伊别无选择，只能假装自己也跑累了。罗伊逐渐放慢了奔跑的速度，假装输掉了这场赛跑。丹纳从后面跟跟跄跄地追了上来。那双熟悉的湿漉漉的大手掐住了罗伊的脖子，但罗伊意识到丹纳已经精疲力竭，根本没有力气掐死他，丹纳这么做只是为了不让自己摔倒。

他们都倒下了，落在了一堆东西上，罗伊被压在下面，丹纳气喘吁吁，看起来像一匹湿漉漉的犁马。

"不要伤害我！我投降！"罗伊瞥了丹纳一眼。

"嗯嗯嗯。"丹纳的脸红得像一根红辣椒，眼珠子在眼窝里扑腾。

"你赢了！"罗伊大声说。

"啊哈哈哈。"

丹纳的口气很难闻，他的体味更难闻，罗伊扭过头，希望可以呼吸一些新鲜的空气。

他们脚下的地面很软，土壤像炭一样黑，罗伊觉得他们可能倒在了其他人家的花园里。他们躺在那里一动不动，似乎要躺到永远，丹纳终于从追逐中缓过来，罗伊觉得自己快被丹纳压碎了，很不舒服，但是想挣脱也没用，丹纳沉得要命。

终于，丹纳动了动身子，紧紧地抓住罗伊的手腕，说道："现在我要踢你屁股，埃伯哈特。"

"求你别这么做。"

"你羞辱我！"

"我只是开玩笑，我真的很抱歉。"

"嘿，如果你从裤裆下看某个人，那么你就该被踢屁股。"

"你确实应该生气。"罗伊说。

丹纳朝罗伊的肋骨打了一拳，但几乎没使出什么力气。

"现在有意思了吧，女牛仔？"

罗伊假装很疼，摇着头说没意思。

丹纳恶狠狠地咧嘴一笑，他的牙齿又圆又黄，像看

15 罗伊的好办法

守谷仓的老狗的牙齿,他跪在罗伊胸口,转过身来准备再次打他。

"等一下!"罗伊尖叫道。

"等什么?比阿特丽斯不在这儿,救不了你。"

"零食。"罗伊用神秘的口吻说道。

"什么?"丹纳松开了他的拳头,"你说什么?"

"我知道一个地方可以找到很多零食。只要你保证不再打我,我就给你看。"

"什么牌子的零食?"

罗伊在编造这个故事的时候,没想好具体的细节,他没有想到丹纳会挑剔零食的牌子。

"角斗士。"罗伊想到了杂志广告上的名字。

"不可能吧!"丹纳大叫道。

"真的。"罗伊说。

很容易就能读懂此刻丹纳的表情——丹纳现在正计划把一部分零食据为己有,然后把多余的卖给他的伙计们来大赚一笔。

"这些吃的在哪儿?"他从罗伊身上爬下来,猛的一下把罗伊拉了起来。"告诉我!"

"首先，你必须保证不能再打我了。"

"当然，伙计，我答应你。"

"再说一次。"罗伊说，"永远不能。"

"好吧，好吧。"

"我想听你亲自说一遍。"

丹纳以一种居高临下的姿态笑了："好吧，小女牛仔，我永远都不会踢你可怜的屁股，好吧？我以我父亲的坟墓起誓。这够了吧？"

"你的父亲还活着呢。"罗伊指出。

"那我以娜塔莉的坟墓起誓。现在能告诉我哪里可以找到零食了吧？我不是在开玩笑。"

"娜塔莉是谁？"

"我妈妈的长尾小鹦鹉，这是我知道的唯一去世的生物。"

"应该可以了。"据罗伊观察到的马西森一家的情况，他有一种不安的感觉——可怜的娜塔莉属于非自然死亡。

"好了，那我们继续？"丹纳问。

"好的。"罗伊说。

15 罗伊的好办法

是时候让丹纳这个大傻瓜掉入罗伊准备好的陷阱了,太阳已经落到了海湾里,街灯也亮了起来。

罗伊说:"在伍德伯里街和东金莺街的拐角处有一块空地。"

"嗯?"

"在这块空地的角落有一辆建筑拖车,东西就藏在那里。"

"太棒了,感谢你的全盘托出。"丹纳贪婪地说,"但是你是怎么知道那里有零食的?"

"因为是我和我的朋友把零食藏在那里的,零食是从塞米诺尔人的保留地的一辆卡车上偷来的。"

"你?"

"是的,是我。"

这是一个相当可靠的故事,罗伊心想,这些塞米诺尔的印第安部落会出售免税的产品,很多人会走好几英里只为买一些便宜货。

"藏东西的建筑拖车在什么地方?"丹纳询问道。

"你找不到。"罗伊说,"如果你想要的话,我去给你拿过来。"

丹纳哼了一声："不需要，谢谢。我可以找到。"

丹纳把两根手指抵在罗伊的胸口，然后用力一推。罗伊扑通一声摔回了花坛，头落在柔软的土壤上。罗伊等了一分钟才爬起来，拍了拍身上的泥土。

丹纳·马西森早就走了。如果丹纳没有去宝拉妈妈的施工工地，罗伊会很失望的。

尽管有各种不便，卷毛还是熬过了周五的晚上。周六早上卷毛醒来之后做的第一件事就是开车去五金店买了一个结实的新便桶，以及一大堆捕鼠器。他又去了一趟百视达，租了一部电影影碟，以防电视机的信号再次断开。

他回了一趟家，妻子告诉他，自己需要借用一下他的皮卡，因为她妈妈要开车去宾果厅，卷毛不喜欢别人开他的皮卡，所以妻子开车把他送到建筑工地时，他很生气。

卷毛取出自己的手枪，绕着建筑工地迅速地转了一圈。什么都没有被破坏，包括那些测量桩。他开始觉得自己在这里真的可以防止闯入者破坏施工工地。但是今晚才是真正检验效果的时候，原来停放在拖车旁边的皮卡开走了，这个地方看起来更荒凉，更容易被人入侵。

卷毛走进建筑工地，他很高兴自己一条水生铜头蝮蛇也没看见，这意味着他可以把剩下的五颗子弹节省下来，用于应对真正危险的情况。他不想再经历一次被田鼠吓得神经紧张的事情了。

为了赶走那些不请自来的啮齿类动物，卷毛小心翼翼地在捕鼠器上涂上了花生酱，并把它们放在拖车外围的一些关键位置上。

大约五点钟的时候，他用微波炉加热了一下晚餐，然后把电影光碟放入放映机里，火鸡馅饼还不错，樱桃馅饼也出奇地好吃。卷毛连一点饼屑都没有留下。

不幸的是，电影很让人失望。这部电影名叫《女巫大道上的最后一座房子Ⅲ》，其中一位主演正是金伯莉·卢·迪克森。

百视达的一位店员帮助卷毛找到了这部几年前上映的电影，金伯莉·卢·迪克森当时还没有和宝拉妈妈公司签约，卷毛猜测这是她从选美比赛退役后参演的第一部好莱坞电影。

在电影中，金伯莉·卢·迪克森饰演一位漂亮的大学啦啦队队长，她被施了魔法，变成了女巫。她把一个橄榄球明星抓进地下室，用一口大锅把他煮了。为了这个角色，金伯莉把头发染成了红色，戴上了假鼻子，假鼻子上面还有个橡胶疣。

演员的演技真的很糟糕，特效也很俗气，因而卷毛没有认真地看下去，而是直接快进到故事的结局。在最后一幕，那个大块头四分卫从大锅中逃了出来，并朝金伯莉·卢·迪克森身上扔了一些魔法粉末，然后金伯莉就从女巫变回了漂亮的啦啦队队长。金伯莉扑倒在橄榄球明星的怀里，当四分卫要吻她时，她又变成了一只死鬣蜥。

卷毛厌恶地关掉了放映机，他决定如果有机会见到金伯莉·卢·迪克森本人，一定不要提《女巫大道上的最后一座房子III》这部电影。

他打开有线电视，找到了一场高尔夫球赛的直播，比赛很无聊，卷毛几乎要睡着了。一等奖是一百万美元和一辆新的别克[①]汽车，但卷毛还是睁不开眼睛。

[①] 美国一个历史悠久的汽车品牌。

等到卷毛醒来，外面天色已黑。卷毛是被一阵噪声吵醒的。他不清楚这是什么声音，接着他又听到了同样的声音：啪！

紧接着卷毛听到了一阵哭声——好像是人的声音，但是卷毛不太确定。他把电视调成静音，掏出了手枪。

有什么东西砰的一声撞上了拖车的侧面，接着又传来啪的一声，还夹杂着各种粗鄙的脏话。

卷毛爬到了门口，耐心地等着。他的心怦怦直跳，生怕闯入者会听到他的脚步声然后逃走。

门把手一晃动，卷毛就立即采取了行动。他压低肩膀，发出吼声，从拖车里扑了出来，门上的铰链都被扯断了。

闯入者发出一声惨叫，狼狈地摔倒在地上，卷毛用重重的靴子踩在他的腹部。

"不要动！"

"我不动！我不动！我不动！"

卷毛放下了枪，借着拖车里的灯光，他可以看到窃贼只是一个孩子——一个又大又胖的孩子，卷毛无意中瞅见两个捕鼠器歪歪扭扭地夹在男孩的运动鞋上。

这一定很疼,卷毛想道。

"不要朝我开枪!不要朝我开枪!"男孩大声哭喊着。

"闭嘴。"卷毛把点38手枪插在腰带上,"小子,你叫什么名字?"

"罗伊,罗伊·埃伯哈特。"

"好吧,你麻烦大了,罗伊。"

"求求你,先生,不要给警察打电话,好吗?"

男孩开始挣扎,卷毛用靴子狠狠踹了男孩一脚。卷毛朝施工工地那边看去,发现大门上的挂锁被一块很重的煤块给砸坏了。

"你一定觉得自己很狡猾。"卷毛说,"认为自己可以随意进出这里。自作聪明,还以为自己有幽默感。"

男孩抬起了头:"你到底在说什么?"

"不要假装呆傻,罗伊。你把所有的测量桩都拔出来,把鳄鱼放在便携式厕所里——"

"什么?你这个疯子!"

"还把警车的车窗涂成了黑色,难怪你怕我给警察打电话。"卷毛朝他靠近,"你到底有什么问题,孩子?

15 罗伊的好办法

你不喜欢宝拉妈妈吗？说句实话，你看起来像是会喜欢宝拉妈妈煎饼的。"

"我喜欢！我爱吃煎饼！"

"那么，为什么呢？"卷毛说，"你为什么做这些事？"

"我之前从没来过这里！"

卷毛把靴子从男孩的肚子上移开。"好吧，孩子，起来。"

男孩抓住了卷毛的手，但是并不是为了从地上站起来。男孩把卷毛摔在了地上。卷毛试图用一只胳膊搂住男孩的脖子，但男孩挣脱了，并且随手把一团泥扔到卷毛脸上。

"就像那部愚蠢的电影里演的一样，"卷毛痛苦地抓着自己的眼睛想着，"可惜我不会变成啦啦队队长。"

卷毛赶忙擦干净眼睛，正好看到男孩跑开了，老鼠夹在他的鞋上发出响板一样的咔嗒声。卷毛试图追赶男孩，但他只跑了五步，就被一个猫头鹰洞给绊倒了，摔了个四脚朝天。

"我会抓住你的，罗伊！"卷毛在黑暗中大声吼着。"你要倒霉了，小伙子！"

德林科警官周六休息，他真的很开心。这一周的确很忙碌，尤其是急诊室那诡异的一幕更是将这一周推向了高潮。

警察依然没有找到那位失踪的被狗咬伤的受害者，也没有确认他的身份，尽管德林科警官现在拿到了一件绿色的衬衫。这件衬衫可以作为一份物证，因为它的颜色和材质都与宝拉妈妈施工工地围栏上挂着的袖子布条相匹配。那个男孩离开医院的时候把这件衬衫挂在了警车的天线上，显然是在搞恶作剧。

德林科警官受够了这种被当蠢货取笑的事情，尽管他很高兴有新的线索。种种迹象都表明急诊室的逃跑者是宝拉妈妈施工工地的破坏者之一，而且年轻的罗伊·埃伯哈特一定隐瞒了什么。德林科警官认为鉴于罗伊的父亲在审讯方面有着丰富的经验，那位父亲一定会弄清这个谜团的真相。

德林科警官整个下午都在看棒球比赛，佛罗里达的两支球队都输了——魔鬼鱼队输了五分，马林鱼队输了七分。到了晚上，他打开冰箱，发现里面除了三片单独包装的卡夫加工奶酪外，没有任何食物。

15 罗伊的好办法

他立刻开车前往小超市购买速冻比萨，在前往小超市的路上，他照例绕道去了宝拉妈妈的施工工地，他依然希望可以抓住破坏者，无论他们是谁，做了什么。如果他抓住了破坏者，他就不用再待在办公室里做一些无聊的文书工作，警监和警司就必须让他重新回到巡逻岗位上，他的档案上也会增加一条很好的记录。

德林科警官开车转弯到东金莺街时，期待着今晚会有训练过的罗威纳犬看守着煎饼屋的施工场地，如果是这样的话，他就不用下车查看情况了，没人敢和那些疯狗较劲。

在远处，一个肥胖又高大的身影出现在路中间，迈着一种奇怪的、踉跄的步伐前进。德林科警官把车停在了路边，透过风挡玻璃小心翼翼地向外张望。

这个人的身影越来越近，透过街道的灯光，警察看到那是一个健壮的男孩，男孩低着头，似乎很匆忙，但他跑步的姿势很不正常，一瘸一拐、摇摇晃晃的，每走一步都会发出噼啪的声响。

随着男孩走进警车前灯的照射范围之内，德林科警官注意到他的每只运动鞋上都带着一个扁平的矩形物体。一定是发生了什么事情。

警官打开车灯,走出警车,男孩吃惊地停了下来,抬起头,他那胖乎乎的胸膛上下起伏,满脸都是汗珠。

德林科警官说:"年轻人,我可以问你几个问题吗?"

"不行。"男孩一边号叫着,一边疯跑了起来。

由于脚上夹着老鼠夹,他并没有跑多远,德林科警官毫不费力地抓住了他。警官让他坐在警车后座上,平时派不上用场的手铐现在派上了用场。

"你为什么跑?"他问年轻的男孩。

"我想要一名律师。"孩子回答道,脸色臭得像是粪坑里的石头。

"很好。"

德林科警官驾驶着他的警车转了个弯,准备把男孩带回警局。从后视镜中,德林科警官看到后面还有一个人疯狂地朝警车跑来,朝他招手。

现在这又是怎么了?警官想着,踩了刹车。

"警官!等一下!"后面跑着的人大声喊道,那熟悉的秃头在街灯下闪闪发光。

是勒罗伊·布兰尼特,也就是卷毛,宝拉妈妈施工项目的负责人。他气喘吁吁地跑到警车前，疲惫地伏在引擎盖上，脸色涨得通红，全身沾满了泥垢。

德林科警官从窗户探出身子，问发生什么了。

"你抓住他了！"工头上气不接下气地大声说，"现在我们走吧！"

"我抓住谁了？"警察转过身来打量着后座上的犯人。

"他！这个小鬼给我们的施工工地捣乱。"卷毛站起身来，指着那个男孩道，"今晚他试图闯入我的拖车，真幸运，我没把他的脑袋射下来。"

德林科警官努力不表现出内心的兴奋感，他真的做到了！他抓住了宝拉妈妈施工工地的非法入侵者！

"我按住他让他别动，但他逃跑了。"卷毛说，"但是我问出了他的名字，他叫罗伊，罗伊·埃伯哈特，你去问他！"

"不需要。"德林科警官说，"我认识罗伊·埃伯哈特，不是他。"

"什么！"卷毛勃然大怒，为自己再一次被戏耍而大发雷霆。

德林科警官说:"我猜你是想起诉他吧!"

"我和你打赌,用你闪亮的警徽起誓,这个变态想弄瞎我的眼睛。他朝我眼睛里扔泥巴!"

"这属于人身攻击。"德林科警官说,"再加上犯人同时企图入室盗窃、非法入侵、破坏私人财产等等,别担心,我会把这些都写进报告里的。"他指了指后座,让卷毛也坐进来,"你也需要跟我去警局一趟。"

"我很乐意。"卷毛对后座上的那个闷闷不乐的家伙皱起了眉头,"你想知道他的鞋是怎么套上那些老鼠夹的吗?"

"一会儿再说。"德林科警官说,"我想听所有的细节。"这是警官期待已久的巨大突破,他迫不及待地想赶到警局,让这个未成年犯全盘招供。

德林科警官在训练影片里看到过,处理不合作的嫌疑人时,必须要有细腻的心理素质,于是他故意用温和的声音说:"知道吗,年轻人?你可以更放松一点。"

"是的,好的。"那孩子在网眼隔板后面喃喃道。

"你可以先告诉我们你真实的名字。"

"哈,我忘了。"

15 罗伊的好办法

卷毛厉声笑了起来:"把这家伙送入监狱应该乐趣多多。"

德林科警官耸了耸肩。"随你的便。"他对未成年犯说,"你没有什么可说的,这很好,根据法律,你有权这样做。"

男孩诡异地笑了:"我可以问你们一个问题吗?"

"可以,问吧。"

"好的。"丹纳·马西森说,"你们两个笨蛋有烟吗?"

16
替罪羊出现了

埃伯哈特一家人正在吃午饭,这时门铃响了。"哦,今天是周日啊!"罗伊的母亲说,她认为周日应该一家人待在一起。

"有人找你。"埃伯哈特的父亲开门后进屋对罗伊说。

罗伊感到自己的胃一阵痉挛,他不希望任何人找他,他怀疑昨晚在宝拉妈妈的施工工地上一定发生了一些新的事情。

"你的一个朋友。"埃伯哈特先生说,"他说你们计划一起滑滑板。"

16 替罪羊出现了

"哦。"应该是加勒特,罗伊舒了一口气,感觉有些晕晕乎乎的,"是的,我忘了。"

"宝贝,你没有滑板。"埃伯哈特太太指出道。

"没关系,他的朋友还有一个多余的。"埃伯哈特先生说。

罗伊从餐桌旁站起来,赶紧用餐巾纸擦了擦嘴,问道:"我可以走吗?"

"罗伊,今天是周日。"他的母亲反对道。

"妈妈,只出去一个小时。"

他知道父母会同意的,他们很高兴自己的儿子在学校里交到了新朋友。

加勒特在台阶上等着,刚准备说话时,罗伊对他打了个手势,示意他出去之后再讲,于是他们默默地踩着滑板到了街区的尽头。加勒特一脚把滑板踢开,大声说道:"你肯定不敢相信——丹纳·马西森昨晚被抓了!"

"不可能吧!"罗伊故意装得和加勒特一样吃惊,很显然宝拉妈妈的施工工地有人看守,正如他所预判的那样。

"警察今天给我妈妈打电话了。"加勒特说,"丹纳试图闯入拖车，偷什么东西。"

作为崔西中学的辅导员，一旦有学生做了违法乱纪的事情，加勒特的母亲总会第一个知道。

加勒特说："伙计，更要命的是——丹纳说是你指使的。"

"哦，太好了。"

"他真是个笨蛋，不是吗？"

"警察可能会相信他。"罗伊说。

"根本不可能。"

"他一个人被捕了吗？"罗伊问，"还有其他人吗？"比如说比阿特丽斯的弟弟？罗伊想问。

"没有，只有他一个人。"加勒特说，"你知道吗——他还有犯罪前科。"

"前科？"

"对，犯罪前科，伙计。警察告诉我妈妈丹纳之前就被抓过。"

其实罗伊对这个消息并不震惊。"因什么被抓？"

"商店偷窃、破坏可乐贩卖机——一系列这样的事情。"加勒特说，"有一次他甚至撞倒了一位女士，偷走了她的钱包。妈妈让我保证不要告诉其他人，这是个秘密，因为丹纳还是个未成年人。"

"是啊。"罗伊用讽刺的口吻说，"我们不能损害他宝贵的名声。"

"不管怎么样，嘿，你该高兴了，你应该来翻个跟斗。"

"是啊，为什么我该高兴了呢？"

"因为妈妈说这一次他们要把丹纳关起来。"

"青少年拘留所？"

"铁板钉钉。"加勒特说，"因为他有犯罪前科。"

"哇。"罗伊平静地说。

罗伊没有心情翻跟头，尽管他感觉终于解放了。他受够一直做丹纳的出气筒了。

虽然他因编造故事而感到愧疚，但是他也忍不住认为让丹纳入狱是一件造福大众的事情，丹纳是一个极其糟糕的孩子，也许把他关进青少年拘留所可以让他有所改变。

"嘿，你想在公园里滑滑板吗？"加勒特问。

"当然了。"

罗伊踏上了他借来的滑板，右脚用力一蹬。一路上，他一次也没有回头查看自己是否被跟踪。

这样的感觉真好！周日的感觉就应该是这样的。

卷毛在自己的床上醒来，为什么不呢？

宝拉妈妈的非法闯入者已经被抓了，他没必要晚上待在拖车里看守施工工地了。

德林科警官开车送他回家后，卷毛向妻子和岳母激动地描述了这一激动人心的事情详细的发展经过。为了戏剧效果，他还增加了一些生动的细节。

比如，在他的故事版本中，那个粗鲁的年轻入侵者用一记精准的空手道劈砍把他打蒙了（这听起来比朝他眼睛扔泥更危险），卷毛还认为没必要提及自己被猫头鹰的洞穴绊倒。取而代之的是，他将这场追逐描述成了一场与罪犯势均力敌的赛跑，德林科警官抓住罪犯的细节被巧妙地弱化了。

卷毛的表现在家里受到了崇拜，他觉得查克·马克尔也会对他赞誉有加。周一早上他起床后要做的第一件事就是给宝拉妈妈的副总裁打电话，卷毛给副总裁讲了抓捕嫌疑人的具体细节，以及自己英勇的表现，他迫不及待地想听到马克尔先生对他的祝贺。

午饭之后，卷毛在电视机旁看球赛，他刚坐下，电视机就播放了宝拉妈妈的广告，推销周日的特价套餐：六点九五美元就可以任选一份煎饼，外加一份免费的烤肠和咖啡。

看到金伯莉·卢·迪克森扮演的宝拉妈妈，卷毛想起他之前租的那张烂片的光碟，《女巫大道上的最后一座房子 III》。他忘了应该什么时候还这张光碟，是下午还是明天，卷毛最讨厌迟还光碟还要交滞纳金，因而他决定再次前往拖车，把光碟取回来。

在前往施工工地的路上，卷毛心疼地想起了他落在工地上的另一样东西：他的枪！

在昨晚的骚动中，他不知怎么弄丢了那把点 38 的手枪。他记得自己坐在德林科警官的警车里时，那把手枪已经不在他腰带上了，一定是和那个孩子扭打时，手枪从腰带上掉下来了。另一种可能是他踩到那个烦人的猫头鹰洞时掉的。

把一支上膛的手枪放错地方是一件极其严重的事

情，卷毛非常恼火，他来到施工工地，赶忙跑到他和那个少年扭打的地方，周围并没有点38手枪。

卷毛焦虑地跑到猫头鹰洞边，用手电筒照着里面，还是没有看到手枪。

现在他真的开始担心了。他检查了一下拖车内部，发现里面的摆设和前天晚上没有区别。门损坏得太严重了，无法重新接起来，所以卷毛用两块胶合板盖住了洞口。

他开始有条不紊地进行搜索，几乎把拖车从上到下翻了一遍，眼睛也几乎贴在地面上，他一手拿着一块石头，以防遇到有毒的水生铜头蝮蛇。

渐渐地，一个痛苦的想法入侵了卷毛的大脑，像冰水一样让他寒心，如果那个十几岁的小毛贼在和他打架的时候从他腰带上把左轮手枪偷走了呢？那个孩子可能把枪藏在垃圾箱里，或逃跑的时候扔在灌木丛里。

卷毛打了个寒战，继续搜寻。大约半个小时之后，他找到了推土机旁，这些推土机是为清理场地准备的。

这会儿，他几乎放弃了，这里离他记着最后拿枪的地方有相当一段距离——他现在到了那个被抓的小子

16 替罪羊出现了

逃跑时的反方向，卷毛想点38手枪不可能出现在离拖车很远的地方，除非一只猫头鹰用喙把它叼起来带到这里。

他的眼睛盯着一块松软沙地上的一个浅浅的洼地：这里有一个赤脚的脚印，肯定是人的脚印，卷毛数了数脚趾，确定这是人的脚印。

那只脚比卷毛的脚小得多，比那个壮实的男孩的脚也要小。

继续往前走，卷毛找到了另一串脚印——还有一串，以及另一串，这串脚印直接通向推土机旁，卷毛越来越不安地走着。

他走到推土机前，用手遮住了刺眼的阳光，起初他没发现有什么不对劲，但突然间，他就像被骡子踢了一脚一样跳了起来。

驾驶员的座位不见了！

他扔掉用来保护自己的石头，冲向另一个推土机，原来应该有座位的地方成了一个空洞，所有驾驶员的座位都不见了。

卷毛愤怒地跺着脚朝第三辆推土机走去，还是没有座位，这样推土机就成了一堆废铜烂铁——操作人员必须坐下来才能操控脚踏板和方向盘。

工头的脑子转得飞快，要么就是昨晚抓住的那个孩子有隐藏的同伙，要么就是有人在他离开之后偷偷闯入了施工工地。

但究竟是谁呢？卷毛纳闷，是谁破坏了我的设备？什么时候？

他徒劳地寻找着推土机的座椅，时间一分一秒地过去，他的心情差到了极点。他不敢再给宝拉妈妈总部的副总裁马克尔先生打电话，事实上，一想到这件事，他就浑身起鸡皮疙瘩，那位脾气暴躁的副总裁一定会把他开除的。

卷毛感到很绝望。他来到了便携式厕所。午餐的时候喝了整整一大杯冰茶，他现在感觉自己的肚子都要胀破了。现在感到的压力让他一点都不敢放松。

卷毛拿着手电筒，来到了厕所。他把门虚掩着，以免遇到意外不得不突然冲出去。他需要确定没人再把四只脚的鳄鱼放入便桶里。

卷毛小心翼翼地把手电筒照在便桶的黑坑里，看到光线照在了水里什么黑黑的、闪闪发光的东西上,他把手电筒再放低,仔细看了看,发现那不是鳄鱼。

"太完美了。"卷毛可怜地嘟囔着,"简直太完美了。"是他的手枪。

罗伊恨不得马上溜到垃圾场去看望胭脂鱼捕手,他想知道昨晚在宝拉妈妈的施工工地上发生了什么。

但是罗伊的母亲有自己的想法。罗伊刚从公园里滑滑板回来,她就引用了"周日法则",宣布全家人要一起出游。罗伊的父亲遵守了他的承诺,带他们去了塔米亚小道的一家印第安旅行社,那里提供去大沼泽地的汽艇旅行。

虽然汽艇的噪声大得快把罗伊的鼓膜都震破了,他还是玩得很开心。驾驶汽艇的是一个高个子的塞米诺尔人,戴着一顶牛仔帽,他告诉罗伊他们汽艇的发动机型号和小型飞机的发动机型号相同。

这艘平底船在草滩上疾驰而过,穿越了狭窄的小溪,强劲的风吹得罗伊的眼泪都要流出来了。这比坐过山车还要过瘾。一路上,他们看到了蛇、牛蛙、变色龙、浣熊、负鼠、乌龟、鸭子、苍鹭、两只秃鹰、一只水獭,还看到了十九条短吻鳄(罗伊数过),他父亲把大部分动物都录了下来,而母亲则用新数码相机拍了照片。

汽艇的速度很快,在浅滩上行驶就像在丝绸上滑行一样。罗伊被佛罗里达州广阔平坦的地形、郁郁葱葱的树木以及充满异域风情的丰富的生命震惊了。一旦远离了人群,佛罗里达州就和蒙大拿州一样充满野性。

当晚,躺在床上,罗伊感到自己和胭脂鱼捕手的联系越来越紧密了,也更加理解那个男孩对宝拉妈妈煎饼屋所做的个人抗争。这不单单是因为猫头鹰,而是关于一切——所有那些濒临灭绝的鸟类和其他野生动物。难怪那个孩子生气,罗伊想,难怪他对自己的所作所为那么坚定。

罗伊的父母过来说晚安,罗伊告诉他们自己永远忘不了这趟沼泽地之旅,这当然是事实。他的父母依然是他最好的朋友,和他们一起出门真的很开心。罗伊知道父母来回收拾东西搬家也很不容易,埃伯哈特家族就是

16 替罪羊出现了

一个团队，他们的心紧紧地联结在一起。

"我们出来的时候，德林科警官在电话里留了言。"罗伊的父亲说，"昨天晚上，他在施工工地抓住了一个非法入侵的嫌疑人。"

罗伊没说一句话。

"不要担心。"埃伯哈特先生说，"不是你跟我说的那个小伙子——从医院里逃脱的那个。"

"是那个叫马西森的男孩。"埃伯哈特太太兴奋地插嘴道，"那个在校车上袭击你的男孩，他试图冒用你的名字！"

罗伊不能假装自己并不知情。"加勒特已经告诉我了。"他承认。

"真的吗？加勒特一定有内部线人。"罗伊的父亲评论道。

"那太好了。"罗伊说，"警官还说了什么？"

"大概就是这些。他想让我问你知不知道到底发生了什么。"

"我？"罗伊说。

"哦，这太荒唐了。"他的母亲反对道，"罗伊怎么

261

能知道丹纳·马西森那个流氓想干什么?"

罗伊觉得自己的嘴唇发干,像教室里的粉笔。虽然他和父母很亲近,但他还没有准备好告诉父母是他先侮辱了丹纳,故意引诱丹纳到施工工地的拖车附近,编造了那里藏着零食的故事。

"这真是个奇怪的巧合。"埃伯哈特先生说,"两个不同的孩子盯上了同一个地方。有没有可能那个叫马西森的男孩跟踪你的朋友,比阿特丽斯的弟弟——"

"不可能。"罗伊坚决地反对,"丹纳才不关心那些猫头鹰呢,他除了自己什么都不关心。"

"他当然对什么都不关心。"罗伊的母亲说。

当他的父母准备关上卧室的门时,罗伊说:"嘿,爸爸!"

"怎么了?"

"您记不记得您说过,只要煎饼屋拥有所有的许可证之类的材料就可以为所欲为?"

"是的。"

"我怎么能查到他们到底有没有这些材料呢?"罗伊问,"您知道,只是想知道他们是否合法。"

16 替罪羊出现了

"我想你可以给市政厅的建筑部门打电话。"

"建筑部门,明白了,谢谢。"

门关上后,罗伊听到父母在走廊里轻声交谈,他听不清楚他们在说什么,就把被子拉到脖子上,翻了个身,迷迷糊糊地睡着了。

没过多久,他就听到有人低声叫他的名字,罗伊以为自己在做梦。

接着,他又听到了这个声音,这一次这个声音特别真实,他慌忙坐起来,然而卧室里唯一的声音是他自己的呼吸声。

太好了。罗伊想,现在我开始胡思乱想了。

他躺在床上,望着天花板,眨着眼睛。

然后他突然在被窝里僵住了。

"罗伊,不要害怕。"

但是他确实吓坏了,这个声音来自他的床底下。

"罗伊,是我。"

"你是谁?"

罗伊呼吸急促,心里像敲鼓一样嘭嘭直跳,在黑暗中,他可以感觉到有人藏在他的床垫下面。

"是我，比阿特丽斯，冷静点，伙计。"

"你在这儿干什么？"

"嘘，小声点。"

罗伊听到她从床底滑了出来，悄悄地站了起来。比阿特丽斯走到窗前，月光透过窗户洒进屋内，照在她金色的鬈发上，并在她的眼镜上投下了阴影。

"你怎么进了我们的屋子？"罗伊努力压低声音说，但是他还是太慌乱了，"你在这里藏了多久了？"

"整个下午都藏在这里。"比阿特丽斯回复道，"你们出去的时候。"

"你闯了进来！"

"放松，女牛仔，我没有砸坏窗户或者从其他地方闯进来，你们门廊上的滑动门自己弹开了——这些门都是这样。"比阿特丽斯实事求是地说。

罗伊从床上跳了下来，锁住门，打开床头柜上的台灯。

"你疯了吗？"他对她厉声说，"是不是有人在橄榄球训练的时候把你的头给踢了？还是怎么的？"

"对不起，真的对不起。"比阿特丽斯说，"只是，呃，家里发生的事太可怕了，我不知道我还能去哪儿。"

"噢！"罗伊为自己的失态而感到后悔，"是罗娜吗？"

比阿特丽黯然地点了点头："我猜罗娜是个从扫帚上掉下来的巫婆或者其他什么的。"

"这太恶心了。"

"是啊，她和爸爸打架了，而且打得很凶。她拿起一个报时收音机砸向了爸爸的头，而爸爸用杧果砸她。"

罗伊本以为比阿特丽斯什么都不怕，但是现在她看起来害怕极了。他为她感到难过——很难想象和这样愚蠢的大人住在一起是什么感觉。

"你今晚可以住在这里。"罗伊主动提供帮助。

"真的吗？"

"只要不让我父母发现你就行。"

"罗伊，你真的很棒！"比阿特丽斯说。

罗伊咧嘴笑了："感谢你叫我罗伊。"

"感谢你让我躲在这里。"

"你睡在床上，我睡在地上。"

"不行，罗伊。"

罗伊没有争辩，给了比阿特丽斯一个枕头和一张毯子,她开心地在毯子里舒展开自己的身体。

罗伊关了灯说晚安。接着他想到了什么,问道:"嘿,你今天见到胭脂鱼捕手了吗?"

"好像见了。"

"他有没有告诉你昨晚他做了什么?"

"他总是在计划什么。"

"是的,但是这种情况不可能一直持续下去。"罗伊说,"他很快就会被抓住的。"

"我相信他很聪明,他知道这么做的后果。"

"那么,我们必须做些什么。"

"比如说?"比阿特丽斯迷迷糊糊地问,她马上就要睡着了,"罗伊,你阻止不了他,他太固执了。"

"我想我们可以加入他。"

"你说什么?"

"晚安,比阿特丽斯。"

17

它们是猫头鹰

卷毛一直盯着电话机看,仿佛这样它就可以不响了。终于,他鼓起了勇气,拿起了听筒。

电话的另一边当然是查克·马克尔。

"布兰尼特先生,挖掘机启动了吗?"

"没有,先生。"

"为什么没有?现在美丽的田纳西州的孟菲斯是周一,难道佛罗里达州不是周一吗?"

"我有一些好消息。"卷毛说,"也有一些坏消息。"

"好消息是你在其他地方找到工作了吗?"

"请让我说完。"

"当然可以。"查克·马克尔说道,"你一边说一边收拾东西滚蛋。"

卷毛赶紧讲述了周六晚上发生的一切,当然丢失了挖掘机的座椅让这个故事减色不少,为了不把事情弄得更糟,卷毛没有提到自己的手枪是在便携式厕所里找到的。

在电话的一端是一阵令人困惑的沉默。卷毛寻思宝拉妈妈公司的副总裁是否已经挂了电话。

"您好?"卷毛说,"您在那儿吗?"

"我在。"查克·马克尔尖刻地回答,"我把话说清楚,布兰尼特先生,那个试图入室抢劫的年轻人在我们的工地被捕了。"

"是的,他还进行了人身攻击和非法入侵!"

"但是同一天晚上,另一个人或者几个人把挖掘机和推土机的座椅给撬了。"

"是的,先生,这不是一个好消息。"卷毛说。

"你向警察报告了吗?"

"当然没有,我不想让这件事成为报纸上的新闻。"

"也许你还不是无药可救。"查克·马克尔说,他问卷毛没有座椅是否可以启动挖掘机。

"除非你是某种章鱼才可以。"

"如果我没理解错的话,推土机今天不能工作了。"

"明天也不能。"卷毛阴郁地说,"我从萨拉索塔的批发商那里订购了新座椅,但是他们周三才可以送过来。"

"多么令人高兴的巧合啊!"查克·马克尔说,"周三恰好是金伯莉·卢·迪克森最后一天有空的时间。下周末她的变异昆虫电影将在新墨西哥州开拍。"

卷毛咽了口唾沫:"您周三就想举行奠基仪式吗?清理场地怎么办?"

"我改变主意了,全怪好莱坞。"查克·马克尔说,"我们先举行仪式,等大家一走,你就开动机器——除非他们把机器剥得只剩下机器轴。"

"但是,后天就是周三了!"

"用不着担心,布兰尼特先生。我们这边已经准备好了所有细节——广告、新闻发布等等,我会与市长办公室和商会联系,与此同时,你的工作相当简单——不要再搞砸了。"

"什么工作?"

"你需要做的就是把施工工地完全封锁四十八个小时。你可以做到吗?"

"当然。"卷毛说。

"不能再有鳄鱼,不能再有毒蛇,也不能再有盗窃。"查克·马克尔说,"这段时间不能再有问题了,明白了吗?"

"我这边有个关于猫头鹰的小问题。"

"什么猫头鹰?"查克·马克尔反驳道,"那些洞穴被抛弃了,你不记得了吗?"

卷毛想:我觉得有人忘了告诉他们这里有猫头鹰。

"法律上并不禁止摧毁那些被动物抛弃的洞穴。"副总裁继续说道,"如果有人问,你就这么回答,那些洞穴已经被抛弃了。"

"要是其中一只猫头鹰飞了出来怎么办?"卷毛问。

"什么猫头鹰!"查克·马克尔大喊道,"在这块施工工地上没有猫头鹰,不要忘了这一点,布兰尼特先生,没有猫头鹰。如果有人看见了,你就说那是只——我不知道,一只知更鸟或者一只野鸡之类的东西。"

17 它们是猫头鹰

一只鸡?卷毛想。

"顺便说一下。"查克·马克尔说,"我将亲自陪可爱的迪克森小姐飞往椰子湾参加奠基仪式,希望到时候我和你之间没有什么其他要说的。"

"不要担心。"卷毛说,其实他心里格外担忧。

罗伊醒来的时候,比阿特丽斯·利普已经不见了。他不知道她如何在不被发现的情况下离开了他们的屋子,但他很高兴她成功离开了。

早餐时,罗伊的父亲读着报纸的新闻,上面有关于丹纳·马西森被捕的报道,文章的标题是:当地的青少年因入室抢劫被捕。

由于丹纳还没有到十八岁,新闻没有报道出他的名字——罗伊的母亲对此耿耿于怀,她认为丹纳的照片应该被放到报纸的头条。文章只说这名青少年是崔西中学的学生,警察还怀疑他曾经好几次犯下非法入侵罪,并且多次破坏财物,但是没有提到宝拉妈妈公司的名字。

丹纳的被捕在学校引起了轰动,许多孩子知道丹纳一直找罗伊的麻烦,因而他们都想知道罗伊对丹纳被捕的看法。

　　罗伊小心翼翼地既不显得幸灾乐祸，也不拿这件事开玩笑，为了不引起别人对他的注意。如果丹纳泄露了罗伊告诉他藏东西的事，警察可能把入室抢劫归咎于罗伊，虽然无论丹纳说什么，警察都不会相信，但罗伊不想冒险。

　　下课铃一响，加勒特就把罗伊叫到一边，告诉他一个奇怪的新细节。

　　"老鼠夹。"加特勒用手捂住嘴。

　　"你在说什么？"罗伊问。

　　"他们抓住他的时候，他的鞋套着老鼠夹。这就是为什么他跑不远。"

　　"真的吗？"

　　"伙计，这是真的。警察告诉我妈妈他在拖车附近鬼鬼祟祟地张望时不小心踩到了老鼠夹。"

　　罗伊了解丹纳，他甚至可以想象当时的情形。

　　"他三个脚趾都破了。"加勒特说。

　　"哦，不是吧。"

　　"真的！是那种非常大的老鼠夹。"加勒特用手比画了一英尺的距离。

"管他呢。"罗伊知道加勒特喜欢夸大其词,"警察有没有告诉你妈妈其他什么消息?"

"比如说?"

"比如说丹纳在干什么。"

"他说是找东西,但是警察不相信他。"

"谁会相信呢?"罗伊说着,背上了书包。

整个早上的每个课间,罗伊都在找比阿特丽斯·利普,但是他一直没有在走廊里看见她。午餐的时候,女橄榄球队队员在餐厅里坐着,但是比阿特丽斯不在她们当中。罗伊走到餐桌前,问她们是否知道比阿特丽斯在哪里。

"她在看牙医。"其中的一名队友说,她是一位身材魁梧的古巴女孩,"她从家里的台阶上摔了下来,摔坏了一颗牙,但是她还可以参加今晚的比赛。"

"太棒了。"罗伊说,但是听到这个消息,他感到有些不安。

比阿特丽斯是一名出色的运动员,罗伊很难想象她会笨手笨脚地从楼梯上摔下来。尤其是见识过她咬破自己的自行车轮胎之后，罗伊无法想象她可以摔掉一颗牙。

在美国历史课上，罗伊依然想着比阿特丽斯。他发现自己很难集中注意力完成瑞安先生的考试，尽管考试的题目并不难。

最后一个问题和瑞安先生周五在走廊里问他的一模一样：谁赢得了伊利湖战役？罗伊毫不犹豫地写道："奥利弗·佩里准将"。

这是唯一一道他确信自己回答正确的题。

坐校车回家的路上，罗伊小心翼翼地盯着丹纳的那些大块头朋友，但是他们根本没有朝罗伊的方向看，可能丹纳没有告诉他们罗伊对他做了什么，也可能他的伙伴们根本不在意。

德林科警官和警司进来时，警监正在看逮捕报告。警监示意两人坐下。

"做得好。"警监对德林科警官说，"你让我的生活轻松了很多。我刚和格兰迪议员通过电话，他很高兴。"

"我真的也很高兴。"德林科警官说。

17 它们是猫头鹰

"那个叫马西森的孩子说了什么？他认罪了吗？"

"没有说什么。"

对丹纳·马西森的审问没有像德林科警官预想的那样顺利，在训练的影片中，那些嫌疑人总会认罪服法，对自己的所作所为供认不讳。但是丹纳固执地不予合作，他的供词也很令人困惑。

起初他说他潜伏到宝拉妈妈的施工工地是为了寻找一车角斗士零食，然而当他见了律师之后，他改了口供，说他去工地拖车是为了闲逛，但是工头把他错认为入室抢劫，而且拿着一把枪追了出来。

"马西森的案子是一起很棘手的案子。"德林科警官告诉警监。

"是的。"警司说，"他已经到过宝拉妈妈的施工工地多次了。"

警监点了点头："我看了他的犯罪记录，有一件事困扰着我：这个孩子是一个小偷，但不像一个爱开玩笑的人，我很难想象他把鳄鱼放到便携式厕所的便盆里。也许他更可能把便携式厕所偷走。"

"我也是这么想的。"德林科警官说。

宝拉妈妈的非法闯入者的作案手段展现了一种黑色幽默，根本不符合马西森那小子的犯罪记录。他更可能把警车的轮胎拆卸了，而不是在警车窗户上喷上黑油漆，也不可能把自己的衬衫挂在警车的天线上。

"他做这些搞笑的事的目的是什么？"警监寻思道。

"我问他是否不喜欢宝拉妈妈的煎饼。"德林科警官说道，"他说国际薄烤饼店里的煎饼更好吃。"

"就这些？他更喜欢国际薄烤饼店里的煎饼？"

"除了脱脂奶。"德林科警官报告说，"他很喜欢宝拉妈妈的脱脂奶。"

警监冷冷地插了一句："这个孩子在和我们开玩笑。"

警监慢慢地靠在椅子上，感到头又开始疼了。

"好吧，我决定了。"他说，"考虑到我们没有更好的办法，我打算告诉迪肯局长宝拉妈妈施工工地的非法入侵者已经找到了。这件案子就这么了结了。"

德林科警官清了清嗓子："长官，我在犯罪现场找到了一件衬衫，这件衬衫太小了，这个叫马西森的男孩根本穿不上。"

他没有提到这件衬衫被挂在了警车的天线上，仿佛

17 它们是猫头鹰

在嘲笑他们一般。

"我们需要的不仅仅是一块破布。"警监抱怨道,"我们需要一个活生生的人,我们找到的唯一一个人待在青少年监狱里,对官方来说,他就是我们的犯人,明白了吗?"

德林科警官和警司一起点头同意了。

"我是在冒险,你们知道我的意思。"警监说,"如果宝拉妈妈的施工工地再发生什么,我就会像一个彻头彻尾的傻瓜。如果我被人当成了傻瓜,你们这里的某些人以后的职业生涯只能在清理停车计时器里的硬币中度过了,我说清楚了吗?"

德林科长官和警司都回应道:"明白了。"

"太好了。"警监说,"那么你们的任务是保证从现在到宝拉妈妈周三的奠基仪式期间不要再出现意外。"

"没问题。"警司站了起来,"我们现在可以把好消息告诉戴维了吗?"

"越快越好。"警监说,"德林科警官,你可以即刻恢复巡警职位了,除此之外,警司写了一封信赞扬你抓捕嫌疑人时的出色表现,这将会放入你的档案。"

德林科警官的脸乐成了一朵花:"谢谢您,长官!"

"还有一点,由于这个案子一直由你负责,所以我特别指派你在宝拉妈妈的施工工地巡逻,巡逻十二小时,休息十二小时,你可以做到吗?"

"当然,长官。"

"现在回家,休息一会儿。"警监建议道,"如果你再在工作的时候打盹,我将在你的档案里写一封简短的信——一封辞退信。"

走出警监办公室,警司在德林科的背上狠狠地拍了一下道:"再有两个晚上,我们就都解放了。戴维,你明白吗?"

"长官,有一个问题。我要一个人在外面执勤吗?"

"嗯,现在值夜班的人都没法来。"警司告诉他,"科比被黄夹克马蜂给蜇了,米勒鼻窦炎犯了,所以你要一个人执勤了。"

"没关系的。"德林科说,尽管在这种情况下,他希望自己有个伴。卷毛也许会待在拖车上,但他不是最好的伙伴。

"戴维,你喝咖啡吗?"

17 它们是猫头鹰

"是的,长官。"

"好的,你最好再多喝一份咖啡。"警司说,"我不希望再有什么事情发生,但是如果发生了,希望你足够清醒。"

在回家的路上,德林科警官在主干道上的一家纪念品店旁停了下来,然后他又去了一次青少年监狱。他决定再试一次,如果那个孩子承认之前的破坏行为,那一切都好说了。

丹纳被一位穿着制服的警卫带到了审讯室。他站在门外,穿着一件皱皱巴巴的灰色连衣裤,衣服背后用大写字母印着"囚犯"的字样。他只穿了一双袜子,被老鼠夹夹过的脚趾还肿着,德林科警官给了他一块口香糖,那孩子立刻把口香糖塞到了嘴里。

"年轻人,你现在还有时间想一想。"

"想什么?"丹纳吹了个泡泡,又把它吹破了。

"你知道的,你的情况。"

"我不需要想。"男孩说,"我找了一名律师。"

德林科警官向前探了探身子:"别管律师了,好吗?如果你帮我弄清楚其他案子,我会跟法官说些好话，是你在我的车窗上涂的黑漆吗？"

那个男孩嗤之以鼻："我为什么要做这些蠢事？"

"别这样，丹纳。我可以让一切变得简单，只要你告诉我事情的真相。"

"我有个更好的想法。"男孩说，"为什么你不直接放我走？"

德林科警官双手交叉："你看到了吗？正是对权威的不尊重让你来到这里。"

"哦，伙计，我告诉你是什么让我来到这里。是那个小傻瓜罗伊把我骗到这里的。"

"又来了。"德林科警官说，"很显然，我们在浪费时间。"

丹纳·马西森冷笑道："哼哼。"

他指了指巡警放在桌子上的小购物袋："你又打算要什么花招吗？"

"不是，我给你带来了其他东西。"德林科警官掏出购物袋里的东西，"一个陪你的小伙伴。"他漫不经心地把它放在男孩的腿上。

丹纳·马西森号叫着，跳起来，试图把那个东西甩

17 它们是猫头鹰

在地上,在恐慌中他把椅子都打翻了。他从地板上蹦起来,向门口冲去,警卫用一只强有力的手抓住了丹纳的胳膊,把他带走了。

德林科警官一个人呆呆地看着掉在地砖上的东西——有牙齿,有鳞片,栩栩如生,和真的鳄鱼一样,除了它鼻子上粘着一张三点九五美元的标签。

这是一条橡胶鳄鱼,德林科警官在纪念品店买的。

丹纳·马西森对这个毫无危险的玩具都如此恐惧,德林科警官判断出他不可能是宝拉妈妈施工工地的非法入侵者。一个被一条小得不能再小的假鳄鱼吓得魂飞魄散的人,是根本不可能把一条真鳄鱼放在便携式厕所里的,尤其是在令人生畏的黑暗中。

真正的罪犯还在逍遥法外,酝酿着新的阴谋,德林科警官知道还有两个漫长的黑夜等着他。

埃伯哈特家有一台家用电脑,罗伊可以用它来做家庭作业,也可以上网冲浪,玩网上的滑雪游戏。

罗伊很擅长在网络上搜索资料,所以他很快就找到了很多关于穴居猫头鹰的信息,比如说在佛罗里达州发现的这种猫头鹰的拉丁学名为"*Athene cunicularia floridana*"（地灵穴鸮），它们比西部的猫头鹰羽毛颜色更深。和其他的猫头鹰一样，这种猫头鹰很害羞，一般在晚上出没。它们一般在二月到七月之间筑巢，但十月才能在洞穴中看到雏鸟。

罗伊有条不紊地把鼠标往下滚，打开了一个又一个的搜索项，终于找到了他要找的东西。他把这些信息打印出来，塞到背包里，然后跳上了自行车。

罗伊很快来到椰子湾的市政大厅里，他锁好自己的自行车，根据楼道里的标识来到了建筑部门。

柜台后面站着一位面色苍白、满脸雀斑、肩膀佝偻的男人。这个男士并没有注意到罗伊，罗伊走上前去，请对方提供宝拉妈妈全美煎饼店的所有材料。

工作人员觉得很有意思："你说的是哪一处煎饼店？"

"什么？"

"地址。"

"在东金莺街和伍德伯里街的拐角处。"

工作人员说："这可算不上一个地址。"

"对不起，我只知道这些。"

17 它们是猫头鹰

"这是学校的作业吗?"工作人员问。

为什么不能是呢?罗伊思索道。"是的。"他说。

如果可以救出那些猫头鹰,他认为撒一些小谎毫无害处。

工作人员让罗伊在那儿等着,然后他去查找煎饼屋所在的街道。过了一会儿,他回到前台,手里拿着一沓文件。

"你想看哪个?"他的语气里带着一丝嘲讽。

罗伊困惑地瞪大了眼睛,他不知道从哪儿开始看。

"有没有那份关于修建煎饼屋的建筑许可文件呢?"他问。

工作人员在成堆的文件中翻找着,罗伊有种不祥的预感。所有的表格和文件都是用专业术语写的,自己根本就不可能读懂其中的意思。这就像读葡萄牙语一样难。

"嗯。这份文件不在这儿。"工作人员小心翼翼地整理着那堆高高的文件。

"您什么意思?"罗伊问。

"我觉得,这个文件夹里所有的许可证上级领导都已经检查过了。"

"谁检查的?"

"我得问一下管理员。"工作人员说,"她已经下班了,办公室四点三十关门,现在已经四点二十七了。"为了强调时间,他指了指自己的手表。

"好吧,我明天再来。"罗伊说。

"也许你可以换一个课题。"工作人员用礼貌的口吻说道。

罗伊平静地笑了:"不,谢谢,先生,我不会轻易放弃的。"

从市政厅离开后,他去了一家鱼饵店,用剩下的午餐钱买了一盒活蟋蟀。十五分钟后,他偷偷地溜入垃圾场。

胭脂鱼捕手不在垃圾场里,但他的睡袋还放在那儿。罗伊在屋里等了一会儿,由于没有空调,他感到闷热得有些窒息,于是再次骑上自行车,朝着东金莺街和伍德伯里街的拐角处骑去。

大门上挂了锁,罗伊没有看到那位脾气暴躁的秃头工头,他沿着铁栅栏的外围走着,希望可以找到比阿特

17 它们是猫头鹰

丽斯的弟弟，或者可以看到他给煎饼屋施工工地留下了什么"惊喜"。

如果不是罗伊惊动了一只穴居猫头鹰的话，他不会注意到任何反常的迹象。一只猫头鹰从洞穴里飞了出来，落在了推土机的驾驶室外壳上，这时罗伊才发现驾驶室的座位不见了，他马上检查了一下其他的推土机，发现其他座位也不见了。

这就是胭脂鱼捕手那天晚上计划的事，罗伊高兴地想：难怪他让我带个扳手。

罗伊走回大门，打开装有蟋蟀的盒子，把盒子举到栅栏前，蟋蟀一下子都跳出了盒子，跳过栅栏上的洞，落在地上。罗伊希望猫头鹰晚上出去觅食的时候能找到它们。

罗伊也许在听到第一声喇叭声时，就该离开，但他没有。他耐心地蹲在地上，等所有的蟋蟀都从盒子里跳出去。

这时，喇叭声越来越大了，成了轰鸣声，那辆蓝色的皮卡尖叫着停了下来。罗伊扔下盒子跳上了自行车，但为时已晚，皮卡挡住了他的去路。

一个皮肤发红的秃头男士从驾驶室里跳了出来,拎着自行车的车座把它举起来。罗伊疯狂地踩着脚踏板,自行车的轮胎快速地在空中转圈。虽然他蹬踏板的速度很快,可依旧哪里都去不了。

"你叫什么名字?在这里做什么?"工头大喊道,"这是私人领地,你难道不知道吗?你想被关进监狱吗,小子?"

罗伊停了下来,深吸了一口气。

"我知道你要干什么!"秃顶的男人咆哮着,"我了解你的鬼把戏。"

罗伊说:"求求你,先生,让我走吧,我只是想喂喂这里的猫头鹰。"

工头的面色泛起了红晕。

"什么猫头鹰?"他说道,声音不是很高,"这周围没有猫头鹰。"

"有的。"罗伊说,"我见过它们。"

这个秃顶男人显得格外紧张和愤怒,他把脸凑近罗伊的脸,罗伊可以闻到他嘴里的洋葱味。

"听我说,男孩,你没有见过猫头鹰,明白了吗?

你看到的只是……一只野鸡。"

罗伊强忍住笑声说:"我确定那是猫头鹰。"

"没错,我们这边有一些很小的野鸡。"

"先生,我看到的是一只猫头鹰,您是知道的。"罗伊说,"我知道您为什么害怕。"

工头放过了罗伊,让他骑上了自行车。

"我并不害怕。"工头坚定地说,"你没有看到猫头鹰。现在赶快离开这里,不要回来,除非你想蹲监狱,就像昨晚我抓住的那个非法入侵的男孩一样。"

罗伊小心翼翼地骑着自行车绕过皮卡,然后全速离开这里。

"它们是鸡!"秃顶男人在背后大喊道。

"猫头鹰!"罗伊用胜利的口吻说道。

爬啊,爬啊,罗伊想象着自己在陡峭的山坡上爬行,这给了他无限力量。

事实上,罗伊正沿着东金莺街飞速前进,这条大道就像宝拉妈妈公司的煎饼那样平坦,他担心工头会改变主意,紧追着他不放,罗伊觉得自己随时都可以听到身后的喇叭声和咒骂声。那辆皮卡离他太近了,罗伊能感受到 V8 引擎①的高温。

　　罗伊没有回头,也没有放慢速度,他以最快的速度蹬着自行车,双臂绷紧,双腿发烫。

　　他一直蹬着自行车,直到他抵达想象中的蒙大拿的山顶才停了下来,然后顺着山坡往下滑,进入了凉爽的山谷。

---

① 一种性能良好的发动机。

18
罗伊的课堂展示

"上周我在这里看到了一个骨瘦如柴的小鬼。"卷毛向德林科警官抱怨道,"昨天我抓到了那个小混蛋。"

德林科警官提出向上级报告这个情况,但是卷毛说没有必要。

"他不会回来的,我向你保证。尤其是被我抓住之后。"

已经将近午夜了,施工工地旁,两个人站在巡逻车外面,随意地聊天,两人都认为宝拉妈妈施工工地真正的非法入侵者依然逍遥法外,但他们没有把彼此的怀疑告诉对方。

德林科警官没有告诉卷毛那个叫马西森的男孩太害怕鳄鱼了,肯定不是非法入侵者,因为警官不想增加工头的烦恼。

卷毛也没有告诉德林科警官,在叫马西森的那个男孩被捕之后,推土机的座椅被撬走了,因为卷毛不想让德林科警官把信息报告给警方,这样那些讨厌的报纸会铺天盖地地追踪报道。

尽管俩人各自有各自的秘密,他们还是很高兴晚上不用一个人待在施工工地,有一个伙伴在身旁的感觉简直太好了。

"嘿,我想问一下。"德林科警官问,"那些看门狗都去哪儿了?"

"你是说那些疯狗?可能一路跑回柏林了。"卷毛说,"听着,我准备睡觉了,需要什么就喊一声。"

"你必须保证我叫你的时候一定出来。"德林科警官说。

"今晚你不打盹了,对吗?"

"不要担心。"

德林科警官很高兴天色已黑,这样工头就不会看到他脸红了。他永远不会忘记那令人作呕的景象,他珍爱的维多利亚皇冠车的窗户被涂得像焦油一样黑。德林科警官依然梦想着抓住入侵者,将他绳之以法。

卷毛回到了有空调的舒适的拖车里,巡警开始在施工工地走动,打开手电筒,沿着手电筒的光束,从一个测量桩到另一个测量桩进行检查。如果有必要的话,他整晚都打算这么做,以确保没人对测量桩动手脚。他的巡逻车里装了满满五保温瓶的咖啡,这样他不可能再发困了。

守护一个空空如也的施工场地并不是最光彩的警察工作,但是德林科警官知道这是一项非常重要的任务。警察局的局长、警监还有警司——他们都靠自己保证煎饼屋的施工工地不遭受破坏。德林科警官知道如果自己的工作干得出色的话,他在椰子湾安全部门的职业生涯将会进入快车道。他可以轻松地预想到自己将得到一枚金色的侦探徽章。

德林科警官在阴影中艰难前行,想象着自己穿着裁剪合身的西服,而不是浆洗过的警察制服。将来他会驾驶另一辆不同的维多利亚皇冠车,是那种专门为侦探设计的炭灰色无标记车型，并佩戴肩套而不是腰带。他还想着要一个脚踝枪套，再配上一把轻型手枪。

他正做着白日梦，突然不小心在沙地上栽了个跟头。哦，又来了，巡警想道。

他摸索着爬了起来，找到了手电筒，但是一开始手电筒不亮，他摇了几下，灯泡发出了微弱的亮光。

他一定是又踩到猫头鹰的洞穴了。

德林科警官站起来，拍了拍他裤子上的褶皱，心想："幸好卷毛没醒，没有看到这个场面。"

"嘿。"一个沙哑的小声音回答道。

德林科警官右手拍了拍枪托，左手依然拿着手电筒寻找入侵者。

"别动！"巡警命令道。

"嘿。嘿。嘿。"

巡警的手电筒来回搜寻着，但是他什么都没有发现，那个微小、气喘吁吁的声音不知是从哪里冒出来的。德林科警官小心翼翼地向前走了两步，把手电筒对准绊倒他的那个洞，一双明亮的琥珀色眼睛在黑暗中好奇地探出头来。

18 罗伊的课堂展示

"嘿!"

巡警把手从枪上移开,小心地蹲下身子。"嘿,你好。"他说。

"嘿!嘿!嘿!"

这是一只猫头鹰的幼崽,只有五六英寸高。

德林科警官从未见过如此精致完美的东西。

"嘿!"猫头鹰说。

"嘿!"德林科警官试着模仿猫头鹰的声音,但他的声音太沉了,根本不像。"我想你在等爸爸妈妈把晚餐带回家,对吗?"

琥珀色的眼睛眨了眨,黄色的喙期待地张开又合上,小圆脑袋前后转动着。

德林科警官大声笑了起来,他被这只微型鸟迷住了。他把手电筒调暗,说:"别担心,孩子,我不会伤害你的。"

头顶上传来一阵疯狂的扇翅膀的声音,接着伴随着一阵刺耳的"嘘!嘘!嘘!"声,巡警抬头一看,在闪烁的星光下看到两只长着翅膀的大鸟的剪影——是猫头鹰宝宝的父母,正焦急地绕着它们受惊的雏鸟旋转。

德林科警官开始慢慢地远离洞穴，希望成年的猫头鹰认为这里可以安全着陆。在蓝灰色的夜空中，他可以看到猫头鹰们的影子越来越低，于是他加快了后退的脚步。

即使在两只猫头鹰降落之后，即使看到它们像长着羽毛的幽灵一样消失在地面之后，德林科警官还是继续走开，一步步后退，直到……

他撞上了一个又大又冷又坚硬的东西，这东西几乎把他撞得喘不过气来。他转过身，打开手电筒。

这是一台推土机。

德林科警官碰巧撞上了卷毛的一台推土机。他抬头盯着这台钢铁机器，揉着撞疼的肩膀，他没注意到座位不见了，即使他注意到了，他也并不会为此担心。

警官愁眉苦脸地想着另一件事，他的目光从巨大的推土机转向了猫头鹰的洞穴，然后又转了回来。

在此之前，德林科警官一直忙于处理宝拉妈妈煎饼屋的案子以及挽救自己的职业生涯，因而他没有考虑太多其他的事情。

现在他明白了，如果他出色地完成工作，小猫头鹰们会有什么下场。他突然感到一阵不堪的痛苦和难以名状的悲伤。

罗伊的父亲很晚才回家,罗伊没有时间告诉他自己在互联网上查到的关于那些猫头鹰的信息,以及一份煎饼屋的文件被从市政厅的建筑部门拿走了。这看起来非常诡异,罗伊想听父亲的意见。

但是吃饭的时候,罗伊一句话也说不出来,父亲手拿着报纸,报纸背面,宝拉妈妈正对着他慈祥地微笑!

广告占了报纸版面的一半,用特别的字体风格写道:

宝拉妈妈煎饼屋
全球闻名的煎饼之家
出售令人垂涎欲滴的甘草燕麦薄饼
即将入驻椰子湾!

明天中午
东金莺街和伍德伯里街的拐角处

宝拉妈妈全球第 469 家家庭式餐厅奠基仪式

期待您的参加

宝拉妈妈煎饼屋

全美连锁

加拿大和牙买加也有我们的分店哟

罗伊手中的勺子掉了，把一团湿漉漉的果脆圈掉到了厨房里。

"宝贝，怎么了？"母亲问。

罗伊感到自己的胃很难受。"没什么，妈妈。"

埃伯哈特太太也看到了这则广告。"很抱歉，罗伊，我知道想到那些无助的鸟时肯定非常难过。"

埃伯哈特先生把报纸翻过来，看妻子和儿子到底看到了什么，他皱了皱眉头，说："我猜他们的项目进程应当相当快。"

罗伊一头雾水地站了起来。"我得走了，要么就误校车了。"

"哦，时间还早着呢，坐下来，先把你的早餐吃完。"他的母亲说。

罗伊麻木地摇了摇头,从椅子上抓起他的背包:"再见,妈妈,再见,爸爸。"

"罗伊,等等,你有什么要跟我说吗?"

"真的没有,爸爸。"

他的父亲把报纸卷起来,然后递给了他:"你还记得要看今天的时事新闻吗?"

"哦,是的。"罗伊说,"我忘了。"

每个周二,瑞安先生都让学生在历史课上讨论当今时事,因而每周的周二罗伊的父亲都会把最近的报纸给罗伊,让他可以在校车上阅读,并且挑选出一篇时事报道。

"今天我送你去学校怎么样?"他的母亲问道。

罗伊知道母亲因为煎饼屋的事为他难过,她认为那些猫头鹰一定完蛋了,但是罗伊不想放弃希望。

"没关系。"他把报纸塞进背包里,"妈妈,我可以借一下你的数码相机吗?"

"这……"

"上课用,"罗伊补充道,并为自己的谎言感到内疚,"我保证一定会小心用的。"

"好吧，怎么不能借给你呢？"

罗伊小心翼翼地把相机放在他的书之间，给了母亲一个拥抱，朝父亲挥了挥手，然后飞快地跑出家门。他一路小跑，路过了他平时上车的公交站，继续向前跑，一直到了西金莺街，比阿特丽斯·利普上车的地方。崔西中学的学生一个都还没来，于是罗伊跑到了比阿特丽斯家的门口，在旁边的人行道上等着。

他试图为自己的出现找一个好借口，以防罗娜或者利昂看到他。比阿特丽斯从前门出来时，罗伊快步朝她跑去，差点把她撞倒了。

"你昨天怎么了？你的弟弟呢？你看今早的新闻了吗？你——"

比阿特丽斯用手捂住罗伊的嘴。

"不要担心，女牛仔。"她说，"我们等校车吧，我们可以在路上交谈。"

正如罗伊怀疑的，比阿特丽斯并不是在下楼的时候摔掉了一颗牙。这颗牙是她从继母的一个脚趾上咬掉一枚戒指时弄断的。

这枚戒指是用一块小黄玉做成的，这块黄玉是比阿特丽斯母亲离开时留下的。罗娜从利昂·利普的袜子抽屉里偷了那块石头,把它做成了一个时髦的脚趾环,然后占为己有。

比阿特丽斯对罗娜的偷窃行为非常愤怒。

"如果我爸爸想把这块小黄玉送给罗娜的话,他会亲自给她的。"她咆哮道。

"然后你就把这枚戒指从她的脚趾头上咬下来了?怎么做到的?"罗伊很吃惊。

"其实也挺复杂的。"

比阿特丽斯笑了,笑得像个大猩猩,她指着自己断了一块的门牙。"我把门牙弄坏了。他们会给我安个假牙,安完之后就会看起来和之前一样。"她解释说,"好在我爸爸有牙医保险。"

"你是在她醒着的时候,把这枚戒指从她脚趾上咬下来的吗?"

"是的。"比阿特丽斯说,"但是她可能更希望自己当时睡着了。好了,现在告诉我报纸上说了什么让你这么紧张。"

罗伊给她看了报纸上的广告,她唉声叹气地念道:

"宝拉妈妈为奠基仪式做好了准备。这个世界正需要又一家煎饼店。"

"你的弟弟去哪儿了?"罗伊说,"他听到这个消息了吗?"

比阿特丽斯说自从周日她就一直没见过胭脂鱼捕手。"就是那天我躲在你家之前,他找我,藏在车库里,等我给他拿一些新衣服,这个时候我爸爸又出去买了一箱山泉水。我爸爸看见了我弟弟,他们两个就交谈了几句,氛围格外友好。这个时候罗娜出现了,她发了好大的火。"

"之后发生了什么呢?"罗伊问。

"我弟弟就像一只被烫伤的狗一样跑掉了,与此同时,罗娜和我爸爸打了一架。"

"就是那天你告诉我的那个情况。"

"是的。"比阿特丽斯说,"爸爸希望弟弟可以回家和我们住在一起,天啊,罗娜反对,说他是个孽种。特克斯,你知道这个词语是什么意思吗?孽种。现在罗娜和我爸爸仍然互不说话,整个房子感觉快要爆炸了。"

对罗伊来说,比阿特丽斯的经历仿佛是活着的噩

18 罗伊的课堂展示

梦。"你需要一个可以藏身的地方吗?"他问。

"没关系。爸爸说如果我在他身旁,他会感到安心。"比阿特丽斯笑道,"罗娜告诉我爸爸我是个'危险的疯子',也许她说得很对。"

他们走到公交车站时,比阿特丽斯和其他橄榄球队队友打招呼,她们开始讨论昨晚的比赛,比阿特丽斯靠一记点球赢得了胜利。罗伊转身离开,没有再多说什么,尽管他感到车上的孩子都对他投以好奇的目光。毕竟他招惹了丹纳·马西森,还幸存了下来。

看到比阿特丽斯离开队友,坐在自己旁边时,罗伊很吃惊。

"再让我看看那份报纸。"比阿特丽斯小声说道。

她仔细研究了那份刊登了宝拉妈妈公司广告的报纸,说:"我们有两种选择,特克斯,要么告诉我弟弟,要么什么都不说。"

"我觉得比起单纯告诉他这件事,我们可以做更多的事。"

"你的意思是加入他,就像那天晚上你说的那样。"

"是那些人跟他作对。如果他只有一个人的话,他不可能成功的。"罗伊说。

"当然，不过结果可能是我们三个都被关进青少年监狱里。"

"只要我们有好办法，就不会。"

比阿特丽斯好奇地看着他："埃伯哈特，你有什么计划？"

罗伊从背包里取出母亲的数码相机，然后给比阿特丽斯看。

"我听着呢。"她说。

于是罗伊告诉了她。

罗伊没去上课，而是被叫到副校长办公室。

亨内平小姐嘴唇上的那根胡须变得更卷曲、更闪亮了。奇怪的是，以前这根胡须是乌黑色，现在变成了金黄色。难道亨内平小姐给这根胡须染色了吗？罗伊寻思道。

"我们被告知周五晚上有个年轻人从医院里逃走了。"她说，"那个年轻人登记时用的是你的身份。埃伯哈特先生，对此你有什么可说的？"

"我甚至都不知道他真正的名字。"罗伊语气平静地说，胭脂鱼捕手没有告诉罗伊自己的姓名真是个明智的选择，这样他就不用撒谎了。

"你难道觉得我会相信你吗？"

"我说的是实话，亨内平小姐。"

"他是崔西中学的学生吗？"

"不是，校长。"罗伊说。

副校长显得十分失望。很显然她希望自己能对离家出走的孩子行使管辖权。

"那么，埃伯哈特先生，你的朋友在哪儿上学呢？"

来了，罗伊心想。"我想他到处游走，亨内平小姐。"

"所以他在家自学了？"

"您可以这么说。"

亨内平小姐眯起眼睛仔细盯着罗伊看，消瘦的手指抚摸着嘴唇上方那根有光泽的胡须，罗伊感到很恶心，不停地哆嗦。

"埃伯哈特先生，像你这么大的孩子不去上学是违法的，这叫逃学。"

"是的，我知道。"

"你不妨把这件事告诉你那位身手矫捷的朋友。"副校长尖刻地说,"你知道学区有警察专门去抓那些逃学的学生吗?我向你保证,这些警察工作都非常出色。"

罗伊不认为警察能轻易地穿过树丛和红树林,并且追踪到胭脂鱼捕手,但这种可能性还是让他十分焦虑,如果警察有警犬或直升机呢?

亨内平小姐凑过来,像秃鹰一样伸长了脖子道:"埃伯哈特先生,在医院里你允许他使用你的名字,对吗?你允许这个无赖因不正当的目的借用你的身份?"

"他被一些坏狗咬了,需要看医生。"

"你以为我会相信这个故事吗?真的吗?"

罗伊只能耸耸肩表示投降:"我现在可以走了吧?"

"我们下次再谈这个问题吧。"亨内平小姐说,"我知道你们这些小老鼠脑子里都在想什么。"

好啊,罗伊想,因为你的嘴唇上长着一根毛。

午餐的时候,罗伊借了加勒特的自行车,前往垃圾场。幸运的是,没人看到他离开,在没有请假的情况下,学生擅自离校是违反校规的。

罗伊冲入乔乔冰激凌车时,比阿特丽斯的弟弟正在

18 罗伊的课堂展示

睡觉，男孩光着膀子，到处都是被蚊子咬的包。男孩从睡袋里爬出来，接过了罗伊手里的报纸。

罗伊本以为胭脂鱼捕手看到宝拉妈妈公司即将举行奠基仪式会很激动，但男孩出乎意料地保持了冷静，仿佛他早就预料到了一样。胭脂鱼捕手用手指小心翼翼地把宝拉妈妈公司的广告撕下来，像读藏宝图一样仔细阅读。

"是中午吧？"他低声说。

"离现在只有二十四个小时了。"罗伊说，"我们该怎么办？"

"我们是谁？"

"你、我，还有比阿特丽斯。"

"算了吧，伙计，我不会把你俩牵扯进来的。"

"等等，听我说。"罗伊急切地说道，"我和比阿特丽斯已经谈过了，我们想帮助你解救猫头鹰。说真的，我们已经准备好了。"

他从背包里拿出照相机，递给了那个男孩。"我教你怎么使用这个。"罗伊说，"真的很简单。"

"这是用来干什么的？"

"如果你能拍到其中一只猫头鹰的照片，我们就可以阻止煎饼公司的人在那片空地上为所欲为。"

"啊，怎么可能。"男孩说。

"是真的，"罗伊说，"我在网上查了一下，那些猫头鹰是受法律保护的——除非你有特别许可证，否则乱动它们的洞穴是违法的。我在市政厅没有找到宝拉妈妈公司的许可文件，想想这说明了什么？"

胭脂鱼捕手怀疑地指着照相机。"干得漂亮。"他说，"特克斯，但是现在太迟了，是时候采取强硬措施了。"

"不，等等。如果我们找到证据，他们就不得不叫停这个项目。"罗伊坚持说，"我们只需要抓拍到一只小猫头鹰——"

"你还是走吧。"男孩说，"我有事情要做。"

"你不能单凭自己的力量和煎饼屋的人做斗争。那是不可能的，除非你改变主意，否则我是不会离开你的。"

"我说了，滚出去！"胭脂鱼捕手一手抓住了罗伊的胳膊，顺时针旋转，把他扔出了冰激凌车。

18 罗伊的课堂展示

罗伊的四肢落到滚烫的砾石地上,他有些吃惊,他都忘了那个男孩有多强壮了。

"我已经给你和我姐姐添了不少麻烦。从现在起,这是我自己的战争。"

比阿特丽斯的弟弟傲然屹立在冰激凌车门口,他的脸颊涨得通红,眼睛闪着怒火,右手拿着埃伯哈特太太的数码相机。

罗伊指着相机说:"你先留着吧。"

"说实话,我永远学不会用这些愚蠢的东西。"

"我教你——"

"不,"男孩摇着头说,"你先回学校吧,我还有事情要做。"

罗伊站起来,掸掉了裤子上的沙砾,他感觉自己的喉咙又烫又紧,但是他决定不哭出来。

"你已经做得够多了。"奔跑的男孩对罗伊说,"比我预想的要多很多。"

罗伊有很多话想说,但是他只哽咽地说了一句:"祝你明天好运。"

胭脂鱼捕手眨了眨眼,对罗伊竖起了大拇指。"再见，罗伊。"他说。

新闻报纸上刊登了几则最近发生的趣闻：一名失踪的戴着绿色贝雷帽的士兵在巴基斯坦山区获救了；波士顿的一名医生发明了一种治疗白血病的新药；在佛罗里达州的那不勒斯，一名县长因收受一名推杆高尔夫球场开发商的五千美元的贿赂而被捕。

轮到罗伊在瑞安先生的课上做展示了，他没有用报纸上的文章作为自己的话题，相反他举起了报纸，指着宝拉妈妈广告被撕下来的那页。

"这里的大多数孩子都喜欢吃煎饼。"罗伊开始说，"至少我很喜欢吃。第一次听到在椰子湾即将开一家宝拉妈妈煎饼店时，我感觉很酷。"

一些孩子点了点头，笑了起来。一个女孩假装很饿地揉着她的肚子。

"当我得知他们要在东金莺街和伍德伯里街的街角处修建店面时，我也没觉得这个主意有什么问题。"罗伊说，"直到有一天，一位朋友把我带到那里，给我看了一些东西，彻底改变了我的想法。"

18 罗伊的课堂展示

现在其他同学停止了交谈,集中注意力听罗伊接下来要说什么。他们之前没听过这个新来的孩子说这么多话。

"那里有一只猫头鹰。"罗伊继续道,"大概这么高。"

他伸出两根手指,比画着八九英寸的高度,展示给其他同学。"我还住在西部的时候,见过很多很多的猫头鹰,但是从来没见过这么小的猫头鹰。它并不是因为还是雏鸟才这么小,它已经是成年的鸟了。我的猫头鹰朋友看起来那么严肃、那么直率,就像一位玩具教授。"

全班同学大笑了起来。

"因为生活在地下,它们被称为穴居猫头鹰。"罗伊说,"它们住在乌龟和犰狳挖的旧洞里。原来在东金莺街和伍德伯里街拐角处的那片空地上居住着几只穴居猫头鹰,它们在洞穴里筑巢,抚养它们的孩子。"

有些孩子不安地扭动身子,有些孩子忧心忡忡地窃语着,还有一些抬头看了看瑞安先生,他若有所思地坐在办公桌前,双手托着下巴。

"罗伊,"瑞安先生轻声说,"你的展示可能更适用于生物学或者社会学,与当下发生的事情无关。"

"哦，当然与当下发生的事情有关了。"罗伊反对道，"瑞安先生，这件事就发生在明天中午。"

"什么事？"

"他们开始用推土机修建煎饼屋了。好像他们还要举行一场盛大的派对。"罗伊说，"电视上宝拉妈妈的扮演者和市长都会来参加。报纸上是这么说的。"

第一排的红头发女孩举起了她的手。"报纸上有没有提那些猫头鹰？"

"没有，一句话都没提。"罗伊说。

"那它们该怎么办？"教室后排的一个长着雀斑的男孩问道。

"我告诉你会发生什么。"罗伊看着瑞安先生说，"机器会把所有的猫头鹰洞穴和洞里面的东西都埋掉。"

"不行！"红头发女孩大声喊道，整个教室爆发了激烈的讨论，直到瑞安教授让所有人安静下来，继续听罗伊要讲什么。

"那些成年的猫头鹰可能会飞走。"罗伊说，"它们也可能留在洞里保护它们的孩子。"

"但是它们都会死的。"脸上带有雀斑的男孩说。

18 罗伊的课堂展示

"卖煎饼的人怎么能不受惩罚呢?"另一个孩子问道。

"我不知道。"罗伊说,"但这是非法的,是不正确的。"

这时候瑞安先生坚定地打断道:"等一下,罗伊,为什么你说是非法的?提出这些严重的指控时,你必须格外小心。"

罗伊兴奋地解释说,穴居猫头鹰受佛罗里达州和联邦法律的保护,在没有政府特别许可证的情况下,伤害这类猫头鹰或者破坏仍有猫头鹰居住的洞穴都是违法的。

"好吧,那就行。"瑞安先生说,"煎饼屋公司对此怎么讲?我确定他们一定获得了许可。"

"文件找不到了。"罗伊插嘴道,"施工工地的工头试图告诉我在施工工地没有猫头鹰,一只也没有,当然,他们在撒谎。"

班里再一次炸开了锅。

"所以明天午饭的时候,"罗伊继续说,"我准备去那里……只是因为我想让宝拉妈妈公司里的人知道椰子湾还有人关心那些鸟。"

瑞安先生清了清嗓子："这是一个棘手的问题，罗伊，我理解你多么沮丧、难过，但是我不得不提醒你学生是不能擅自离开学校的。"

"我会让我父母给我请假。"罗伊说。

老师笑了："这才是正确的做法。"

全班同学希望他可以多说点，但罗伊没有继续。

"看！"罗伊说，"每天，我都读到普通人的故事，普通的美国人创造了历史，因为他们为了他们的信仰而战斗。好吧，我知道我们只是在谈论几只微不足道的猫头鹰，我也知道所有人都喜欢宝拉妈妈的煎饼，但是即将发生的一切是错误的，是彻头彻尾错误的。"

罗伊的喉咙像草原的干土，他的脖子热得发红。

"不管怎么样，"他喃喃说，"就是明天中午。"

接着他回到自己的座位上。

教室里鸦雀无声，一阵漫长的沉默像火车一样在罗伊耳边轰鸣。

19
推土机工作倒计时

"我担心那些猫头鹰!"德林科警官对卷毛说。

"什么猫头鹰?"

施工工地上夜幕降临,燕子飞来飞去,追赶着蚊子,明天将是重要的一天。

"别装了,我亲眼看到的。"巡警说,"有什么办法把它们搬到安全的地方?"

卷毛说:"想听我的建议?别想了,把猫头鹰从你的脑子里赶走,我就是这么做的。"

"问题是我不能不去想。"

卷毛朝拖车竖起了大拇指。"您想休息一下吗?我租了一张成龙的电影碟片。"

德林科警官很难理解为什么卷毛对填平猫头鹰的洞穴的态度如此随意,他不知道这是否只是一种大男子主义的表现。"你没有告诉他们这里有鸟吗?"巡警问。

"告诉谁?"

"煎饼公司,也许他们不知道这件事。"

卷毛哼了一声:"你开玩笑吧?他们知道所有的事。这不是我们需要关心的问题,即使我们想做什么,我们也无能为力。"

卷毛回到了他的拖车里,德林科警官则继续巡逻。巡警每经过一个洞穴,就用手电筒向里面照去,但是里面没有猫头鹰。他希望鸟儿们已经察觉到有不好的事情要发生,所以飞走了,然而这似乎不太可能。

午夜后不久,德林科警官听到卷毛从拖车里钻了出来,并且开始叫自己的名字。工头说他被一阵类似有人爬铁栅栏的噪声吵醒了。

警官拔出枪,彻底搜查了这个地区,他检查了拖车顶,以及拖车底下,最后只发现了沙地上有一排负鼠的脚印。

19 推土机工作倒计时

"那声音听起来比负鼠的声音大多了。"卷毛暴躁地说。

又过了一会儿,德林科警官从警车里拿出了第三瓶咖啡。这时,他在工地的另一端看到了一连串白色的闪光,这让他想到深夜遇到车祸时,警局的摄影师咔嚓拍照时的闪光。

但德林科警官跑到看到闪光的地方时,没有发现任何特殊情况。巡警想那也许是一道热闪电从低低的云层里反射了出来。

一夜无事,巡警一直都保持清醒。

早餐时,罗伊问母亲自己午餐期间可否离开学校一会儿,他觉得母亲比父亲更好说话,但是他错了。

"我觉得让你去参观宝拉妈妈的奠基仪式不是一个好主意。"

"但是,妈妈——"

"我们看看你爸爸怎么说。"

哦,好吧,罗伊绝望地想,这件事没有希望了。

埃伯哈特先生刚坐到餐桌旁,埃伯哈特太太就把罗伊的请求告诉了丈夫。

"当然可以了，为什么不行？"埃伯哈特先生说，"我给他写个假条。"

罗伊张大了嘴巴，他以为父亲会反对呢。

"但是你得保证注意你的言行，"埃伯哈特先生说，"不管你有多么生气。"

"我保证，爸爸。"

随后，罗伊的父亲把罗伊的自行车放在他汽车的后备厢里，然后开车送罗伊到崔西中学。在学校门口，罗伊下车，埃伯哈特先生问道："你的朋友今天也要参加奠基仪式吗——就是比阿特丽斯的弟弟？"

"很可能。"罗伊说。

"太冒险了。"

"是的，爸爸，我准备劝说他不要去。"

"你要小心。"埃伯哈特坚定地说，"而且要聪明。"

"明白，老爸。"

比阿特丽斯在罗伊的教室门口等着，她的鬈发很湿，仿佛刚洗过澡一样。

"怎么样？"

"我拿到了一张假条，你呢？"

比阿特丽斯拿出一张皱皱巴巴的餐巾纸，上面用红墨水潦草地签着字。"我叫醒了爸爸，他喝得没有了意识，可以签任何东西。"她说，"我应该给自己写张一千块钱的支票。"

"我们都为中午做好准备了。"罗伊说，他降低了自己的声音，"我去找了你的弟弟，他把我扔到了卡车外。"

比阿特丽斯耸了耸肩："我能说什么呢？有些时候他不可理喻。"

她在包里翻找了一阵，拿出了罗伊母亲的数码相机。"昨晚，在罗娜和爸爸睡着之后，我弟弟把这个丢在了房子里。他说他拿到了你要的照片，我想看一看，但不知道怎么用。"

罗伊一言不发地拿起照相机，把它藏在自己的口袋里。

"祈祷吧！"比阿特丽斯说，然后融入了学生的洪流，消失在大厅里。

罗伊整个上午都沉浸在兴奋中，思考着他的计划是否可行。

上午十点四十五分,一辆黑色加长版豪华轿车停在了伍德伯里街和东金莺街路口的空地上。司机从车里走下来,打开了车门。过了一会儿,一个高个子男人出现了,强烈的太阳光让他眯起了眼睛。他有着波浪般的银色鬈发,穿着熨烫得体的白色裤子和深蓝色的西装外套,胸前的口袋上别着一枚徽章。

这个男人戴着一副巨大的彩色太阳镜,不耐烦地环顾着四周。他干脆地朝德林科警官打了个响指,戴维·德林科警官正在给警车开锁。

巡警没有听到男人的召唤。在施工工地连续工作了十四个小时后,他终于要下班了。由于卷毛回家刮胡子去了,所以德林科警官留下来看守卷毛的推土机,上面已经装上了新的座椅。现在工头回来了,他特意打扮了一番,穿着大衣,打着领带。巡警可以离开了,他不想在煎饼屋愚蠢的奠基仪式上浪费时间了。

"警官!"银发的男人不停地招手,"哟,警官!过来!"

德林科警官走近那辆豪华轿车,问有什么问题。那个人说自己是查克·E.马克尔,是宝拉妈妈全美煎饼屋有限公司的副总裁。他用神秘的语气说:"我们这里需要一些保卫措施。"

"哦,我现在下班了。"德林科警官告诉他,"但我很乐意叫一组人来。"由于极度缺乏睡眠,巡警已经精疲力竭,根本没有力气说话。

"你知道坐在轿车里的是谁吗?"

查克·马克尔朝着这辆豪华轿车点了点头。

"不知道,先生。"

"是金伯莉·卢·迪克森小姐。"

"真棒!"德林科警官茫然地说道。

"金伯莉·卢·迪克森。"

"好吧,我知道了。"

查克·马克尔把他红润的脸凑得更近了:"警官,您不知道我说的是谁?"

"不知道,先生,从来没有听说过这位女士。"

公司的副总裁翻了个白眼,然后解释了这位金伯莉·卢·迪克森小姐是谁,以及为什么她从加利福尼亚的比弗利山庄远道而来，来到佛罗里达州的椰子湾。

"现在，她就在这儿，"查克·马克尔说，"急需一间化妆室。"

"化妆室？"德林科警官疑惑地重复道。

"一个给她化妆的地方！一个让她梳洗的地方！"查克·马克尔愤怒地说道，"这真的很难理解吗，警官？我试着用你可以理解的语言表达出来——她需要一个厕所，可以了吧？"

"明白了。"德林科警官用手指了指卷毛的拖车，"跟我来。"

金伯莉·卢·迪克森从豪华轿车里走了出来。看到她这么年轻，德林科警官着实很吃惊，她一点都不像电视广告中那位满脸皱纹的老奶奶，金伯莉·卢·迪克森拥有一双明亮的绿色的眼睛，茂密的赤褐色头发，光滑的乳白色皮肤，一看就是一位可爱、有教养的女人，德林科警官想道。

这时她说话了。

"我想去卫生间。"她用砂纸般的声音说，"带路吧，高手。"

女演员肩上挎着一个皮包，穿着高跟鞋、黑色的裙子和一件浅色的丝绸衬衫。

卷毛打开拖车门，看到了女演员。他顿时惊呆了。金伯莉·卢·迪克森一言不发地从他身边走过，朝卫生间走去。

"我可以在这儿换衣服吗？"她用沙哑的声音问。

"换什么？你现在真的很好看。"

"换成宝拉妈妈的服饰。"德林科警官打断说，"她是和另一个人一起过来的，想问你能否用拖车的厕所来换衣服。"

"随时都可以。"卷毛带着梦幻般的笑容说。

门口出现了一个男人的身影，带着一股油性古龙香水味。"哈，你一定是独一无二的勒罗伊·布兰尼特。"一个熟悉的尖酸刻薄的声音咆哮道。

卷毛吓了一跳，德林科警官站到一边说："这位先生是煎饼公司的。"

"我猜到了。"卷毛说，他朝查克·马克尔伸出右手，查克·马克尔盯着卷毛的右手，仿佛那是一条死泥鳅。

"布兰尼特先生,请告诉我今天早上没有什么坏消息破坏这个可爱的热带早晨吧。告诉我椰子湾的一切都好吧。"

"是的,先生。"卷毛说,"我和这位警察在施工场地住了两天,这里像教堂一样平静且安宁。是不是,戴维?"

"对!"德林科警官说。

查克·马克尔摘下了他的墨镜,怀疑地看着巡警:"你该不会是破坏者破坏我们的测量桩时,在警车里睡着的那位警察吧?是你吗?"

虽然德林科警官很想知道金伯莉·卢·迪克森扮成宝拉妈妈是什么模样,但现在他希望自己能离这个副总裁远远的。

"你可真是个天才。"马克尔先生接着说,"由于你的粗心,报纸上还报道了一篇关于宝拉妈妈煎饼屋的不公平的文章,给宝拉妈妈公司抹黑。是你吗?"

"对,就是他。"卷毛说。

德林科警官恶狠狠地瞪了工头一眼,然后对马克尔先生说:"很抱歉,先生。"巡警心想:我比你惨多了。

19 推土机工作倒计时

"你居然还在继续工作,太令人吃惊了。"查克·马克尔评论道,"你们警局局长一定是个慈善家,要么就是他特别缺人。"

卷毛终于说了一些关于德林科警官的好话:"德林科警官就是那天晚上帮我抓住窃贼的人!"

卷毛无耻地夸大了自己在抓捕丹纳·马西森的过程中的重要性,德林科警官正要澄清事实,金伯莉·卢·迪克森惊慌失措地从厕所里跑了出来。

"厕所里有蟑螂!"她大声说道。

"那不是蟑螂,是蟋蟀。"卷毛说,"我真不知道它们是从哪儿来的。"

卷毛用胳膊肘把德林科警官和查克·马克尔推到一边,向这位女演员做了自我介绍:"我是这个项目的监理工程师,迪克森小姐,我看过您的所有电影。"

"您的意思是您看过我拍的那两部电影?"金伯莉·卢·迪克森拍了拍她闪亮的头发,"没关系,布兰尼特先生,感谢您对我的评价。"

"嘿,我也迫不及待地期待您的新作品了——《土星十一号的变种人侵者》,我真的很喜欢看科幻电影。"

"是木星七号。"查克·马克尔插话了,"这部电影叫《木星七号的变种入侵者》。"

"不管怎样。"卷毛滔滔不绝地说,"您一定会是一个完美的蚱蜢女王。"

"是啊,我现在已经开始写奥斯卡获奖稿了。"女演员瞥了一眼她镶满钻石的手表,"听着,我现在必须赶快化装成宝拉妈妈,哪位甜心可以帮我从车里取一下我的手提箱吗?"

20
胭脂鱼捕手和猫头鹰

一辆小型的豪华轿车把椰子湾的市长、布鲁斯·格兰迪市议员和商会会长送到了施工工地,一辆那不勒斯电台的卫星车紧随其后,后面还跟着一位报纸摄影师。

市政工作人员在铁栅栏上系上了红、白、蓝三色的彩带,还悬挂了一条手写的横幅,上面写着"欢迎宝拉妈妈"。

离十二点还有十分钟,罗伊和比阿特丽斯到了现场,这次罗伊骑着自行车,比阿特丽斯坐在车把上,照相机安全地放在罗伊的背包里。他们惊讶地发现来的不止他们两个——还有那个满脸雀斑的男孩和红头发的女孩。上了瑞安老师那节课的至少一半的同学都到了,还有很多家长。

"你昨天到底对这些孩子说了些什么?"比阿特丽斯问道,"你答应给他们免费的烙饼和薄煎饼吗?"

"我只是谈了谈猫头鹰,仅此而已。"罗伊说。

更令罗伊惊喜的是崔西中学体育部开来了一辆面包车,比阿特丽斯的橄榄球队队友们都冲了出来,其中一些手里还拿着海报。

罗伊朝比阿特丽斯咧嘴笑了,比阿特丽斯耸了耸肩,仿佛这不是什么大不了的事情。他们扫视着越来越密集的人群,但是没有找到比阿特丽斯的弟弟。

而且也没有猫头鹰的踪迹,对于这一点罗伊一点都不惊讶。在噪声这么大,有这么多躁动的人的情况下,那些鸟更愿意待在黑暗、安全的地底下,罗伊知道煎饼公司的人就是在赌这个:赌猫头鹰吓得不敢出来。

十二点一刻,建筑拖车的门打开了,首先出来的是一名警官,罗伊认得他是德林科警官;接着是一个秃顶的建筑工头,看起来脾气很坏;之后出来一个看起来极其傲慢、一头银发、戴着傻傻的太阳镜的男人。

20 胭脂鱼捕手和猫头鹰

最后出来的是在电视广告中扮演宝拉妈妈的那个女人。她戴着一顶闪亮的灰色假发、一副金属框眼镜，围着一条棉布围裙，有几个人拍手表示欢迎，她也随意地挥了挥手。

这群人走到施工工地中央一块用绳子围起来的方形空地上，那个满头银发的家伙手里拿着扩音器，介绍自己是查克·E.马克尔，宝拉妈妈公司总部的副总裁，罗伊看得出来这位副总裁真以为自己是个人物。

马克尔先生没有理会工头和警官，继续兴致勃勃地介绍当地的一些大人物——市长、议员，还有商会会长。

"我很高兴也很荣幸地宣布椰子湾将开设全美第469家家庭连锁饭店。"马克尔说道，"市长先生，格兰迪议员，在场所有来宾，在佛罗里达这个美妙的日子里，我在这里向你们保证宝拉妈妈会成为一个好公民、好朋友和好邻居！"

"除非，你是只猫头鹰。"罗伊说。

马克尔先生没有听到罗伊说的话，他向聚集的学生致敬说："很高兴今天这么多年轻的小朋友来到这里，

327

这是你们的小镇的一个历史性的时刻——我们的小镇的一个历史性的时刻——很高兴你们在课间休息时间过来和我们一起庆祝。"

他停顿假笑了一下:"不管怎么说,一旦餐馆开门,我们还会再一次见面,宝拉妈妈将在厨房忙得不可开交。嘿,各位,谁喜欢甘草燕麦煎饼?"

这是一个尴尬的时刻,只有市长和格兰迪议员举手了。女橄榄球队队员拿着自制的牌子,空白的一面朝外,她们等待着比阿特丽斯的指示。

马克尔先生紧张地笑了:"宝拉妈妈,亲爱的,时候到了,我们一起来剪彩好吗?"

他们肩并肩地站着——公司副总裁,宝拉妈妈,格兰迪议员,还有商会会长——为了让电视摄影组和新闻摄影师更好拍照。他们拿出刷了金漆的铁锹,在马克尔先生的示意下,所有尊贵的代表都开始微笑,凑近,然后挖了一铲子沙子。这时,人群中一小部分政府官员开始欢呼鼓掌。

这是罗伊见过的最假的东西,他不敢相信有人会把这个场景在电视上播放或刊登在报纸上。

"这些人，"比阿特丽斯说，"需要一些真正的生活。"

拍照一结束，马克尔先生就扔下了金铲子，拿起了扩音器。

"在推土机和挖掘机动工之前，"他说，"宝拉妈妈想说几句话。"

宝拉妈妈看到扩音器被塞到她的手里，并不十分高兴。

"你们的小镇真漂亮。"她说，"明年春天，我们会在盛大开幕式上再见——"

"不，不行，我们不会再见面的。"

这一次，话从罗伊嘴里脱口而出，其实他自己也吓了一跳，没有人比他更震惊了。观众席上传来一阵骚动，比阿特丽斯慢慢靠近了他，以免有人伤害他。

饰演宝拉妈妈的女演员似乎很生气，她透过廉价的金属框眼镜扫视着人群。

"喂，这是谁说的？"

罗伊不自觉地举起了右手。"是我，宝拉妈妈。"他喊道，"如果你们伤害了哪怕一只我们的猫头鹰，我们就永远不吃你们的煎饼了。"

"你在说什么?什么猫头鹰?"

查克·马克尔扑向扩音器,但宝拉妈妈一胳膊肘把他推开,正好打在了他的肚子上。

"走开。"她生气地说。

"去吧,你们自己去看看。"罗伊说,指了指四周,"如果你在这块施工工地上看到了洞,那么下面就是一个猫头鹰的巢穴,它们在那里筑巢、下蛋,这里是它们的家。"

马克尔先生的脸因生气而发紫,市长一副迷茫的样子,格兰迪议员感觉要晕倒了,商会会长看起来就像一口吞下了一块肥皂。

此时,人群中的父母们大声地交谈着,指着那些猫头鹰的洞穴,一些学校里的孩子开始附和罗伊,来支持他,比阿特丽斯的橄榄球队队友开始挥舞着手写的标语。

其中一条写着:

宝拉妈妈,毫无同情心!

另一条写着：

杀鸟凶手，赶快回家！

还有第三条写着：

拯救猫头鹰，拒绝煎饼屋！

在报纸的摄影师拍摄抗议者的照片时，宝拉妈妈哀求道："但是我没有伤害你们的猫头鹰！我连一只跳蚤都不会伤害的。"

查克·马克尔终于抢到了扩音器，开始严厉地责备罗伊："小伙子，在做这种荒唐和严重的指控之前，最好先弄清事实。这里没有猫头鹰，一只都没有！那些洞穴已经被弃用好多年了！"

"是吗？"罗伊从背包里拿出照相机，"我有证据！"他大喊道："就在这儿！"

人群中的孩子们开始不停地叫嚷，查克·马克尔的脸变得苍白而松弛，他伸出手臂，蹒跚地向罗伊走去。

"让我看看!"

罗伊跑到马克尔够不着的地方,按下数码相机的按钮,他不知道自己会看到什么。

他按下按钮,看到了胭脂鱼捕手拍摄的第一张照片,很快取景器中出现了模糊、扭曲的图像,罗伊知道他遇到麻烦了,这是一张手指的照片。

他焦急地点开第二张照片,取景器里的图像同样让人感到沮丧。这是一双脏兮兮的脚,看起来像是男孩的脚,罗伊知道这双脚是谁的。

比阿特丽斯的弟弟有许多特别的天赋,但是拍照显然不是其中之一。

罗伊绝望地打开第三张照片,第三张照片映入眼帘,这一次的照片中的画面绝对不是人体的某个部位,而是一个有羽毛的动物,它的羽毛在照相机的闪光灯照射下反射着不均匀的光。

"找到了!"罗伊说,"看!"

查克·马克尔从罗伊手中抢过照相机,花了三秒钟的时间检查这张照片,突然爆发出残酷的大笑声:"这是什么东西呢?"

20 胭脂鱼捕手和猫头鹰

"是一只猫头鹰！"罗伊说。

罗伊敢肯定那是一只猫头鹰，不幸的是，在胭脂鱼捕手拍照时，那只鸟把头转了过去。

"这个看起来更像一摊烂泥。"查克·马克尔说着举起照相机，让最前排的观众看取景器里的照片，"这个男孩想象力真丰富，不是吗？"他讥讽地补充道："如果这是一只猫头鹰的话，我就是一只秃鹰。"

"那就是一只猫头鹰！"罗伊坚持道，"这张照片是昨晚在施工工地拍摄的。"

"你怎么证明？"查克·马克尔幸灾乐祸地问。

罗伊哑口无言，他什么都不能证明。

他母亲的照相机在人群里被传递着，回到了罗伊手中。罗伊意识到大多数人根本无法从相片中辨别出这是一只鸟，甚至比阿特丽斯也不能确定，她来回颠倒取景器，试图找到猫头鹰的轮廓，但是却徒劳无益。

罗伊感到很挫败——她弟弟拍摄的照片是没用的，负责保护穴居猫头鹰的有关部门绝不会因为这种模糊的证据就阻止煎饼屋的施工。

"非常感谢大家的光临。"马克尔先生通过扩音器对观众们说,"感谢你们的耐心,不好意思因各种原因推迟了这项工程。明年春天,我们就可以和煎饼爱好者一起分享丰盛的早餐,同时,今天的活动到此结束。"

崔西中学的孩子们不安地骚动着,他们看向罗伊和比阿特丽斯,他们已经没什么计划了,罗伊感觉自己被失败打垮了,比阿特丽斯的脸上则是一副听天由命的表情。

这时一个年轻的声音喊了起来:"等一下,这还没有结束!怎么可能结束呢!"

这一次不是罗伊。

"啊噢!"比阿特丽斯抬起了她的头。

人群后面一个女孩尖叫了一声,每个人都转身看去,乍一看,地上的东西可能会被误以为是个皮球,但实际上是一个……男孩的头。

那个待在地里的男孩有一头乱蓬蓬的金发,焦黑色的脸,眼睛睁得大大的,眨都不眨一下。他的嘴里含着一根风筝线,风筝线连着几英尺之外的一个大锡桶。

大人物们急匆匆地从人群中走出来,比阿特丽斯和罗伊跟在他们后面,他们都停下来,目瞪口呆地盯着地

20 胭脂鱼捕手和猫头鹰

上的头。

"现在又怎么了?"施工工地的工头呻吟道。

查克·马克尔大发雷霆:"这是谁开的变态玩笑吗?"

"天哪!"市长大叫道,"他死了吗?"

男孩根本没死,他朝自己的姐姐笑了,然后神秘地朝罗伊眨了眨眼。不知怎么的,他把自己整个瘦小的身体塞入到猫头鹰洞穴的洞口,只露出了脑袋。

"哟。宝拉妈妈。"

女演员犹豫地走上前去,她的假发已经歪了,化妆品因为汗水而开始融化。

"怎么了?"她不安地说。

"如果你们想埋葬这些鸟儿,"胭脂鱼捕手说,"必须把我也埋了。"

"我不会把你埋起来的,我喜欢鸟,喜欢所有的鸟!"

"德林科警官,你在哪儿?"查克·马克尔示意警官上前来,"马上逮捕这个无礼的小讨厌鬼。"

"为什么?"

"很显然是因为他非法入侵。"

"但是您的公司宣传此次活动是向公众开放的。"德

335

林科警官指出,"如果我逮捕了这个男孩,就必须把场地上的所有人都逮捕了。"

罗伊注意到,马克尔先生脖子上的青筋暴起,像花园里的水管一样跳动。

"我明天的第一件事就是和你们的迪肯局长谈谈你的问题。"马克尔先生压低声音对德林科警官说,"你有一整晚的时间给自己准备下一份工作的简历了。"

接着马克尔将凶狠的目光转向了那个可怜的工头:"布兰尼特先生,请把这个男孩从洞里拉出来。"

"你敢。"比阿特丽斯的弟弟咬着牙警告说。

"我当然敢,为什么不行?"查克·马克尔说道。

男孩笑了。"罗伊,帮我一下,看看那个锡桶里装的是什么。"

罗伊很乐意效劳。

"你看到了吗?"男孩问。

"水生铜头蝮蛇。"

"多少条?"

"九条或十条。"

"它们看起来快乐吗,罗伊?"

20 胭脂鱼捕手和猫头鹰

"看起来不快乐。"

"大家想想如果我把这个东西拉开,宝拉妈妈的施工工地会发生什么?"胭脂鱼捕手伸出了舌头,展示了连接着他和那个锡桶的绳子。

"有些人很可能会受重伤。"罗伊附和道。看到桶里的蛇是橡胶做的,他有点惊讶(但显然松了一口气)。

马克尔先生急了:"这太荒唐了——布兰尼特,照我说的做,赶快让那个孩子从我眼前消失。"

工头退后了几步。"我不干,我不喜欢蛇。"

"真的?那你被解雇了。"马克尔先生再一次转向德林科警官,"做个有用的人,开枪把这些蛇打死。"

"不行,先生,不能在人群中开枪,太危险了。"

警官走向那个男孩,单腿跪了下来。

"你怎么过来的?"他问。

"昨晚从栅栏上跳下来的。然后就躲在推土机后面。"男孩说,"你大概从我身边走过了五次。"

"是你上周把我的警车车窗涂成黑色的吗?"

"不予回答。"

"从医院逃走的也是你?"

"不予回答。"

"逃走的时候还把你的衬衫挂在了警车的天线上?"

"伙计,你不明白,这些猫头鹰根本没有可能战胜这些机器。"

"我明白,我真的明白。"德林科警官说,"最后一个问题,关于这些水生铜头蝮蛇,你是认真的吗?"

"非常认真。"

"我可以看一看桶里的东西吗?"

男孩的眼神闪烁。"这将是你的葬礼。"他说。

罗伊小声对比阿特丽斯说:"我们必须想出一些别的办法,那些蛇不是真的。"

"哦,那就太好了!"

警官靠近了锡桶,比阿特丽斯大喊道:"不要这么做,你会被咬伤的——"

德林科警官没有退缩。他从桶的边缘向里面看去,对罗伊和比阿特丽斯来说,这一刻仿佛就是永恒。

完蛋了,罗伊闷闷不乐地想着,他不可能看不出那是些假蛇。

然而巡警回来的时候没有说一句话。

20 胭脂鱼捕手和猫头鹰

"怎么办?"马克尔追问道,"我们该怎么办?"

"孩子是认真的,如果我是你,我会和他谈判。"德林科警官说道。

"哈!我不和未成年犯谈判。"马克尔一声咆哮,从格兰迪议员那里抢过金色的铁锹,然后冲向男孩的锡桶。

"别过来!"男孩在猫头鹰的洞里大吼道,吐出了舌头上含着的绳子。

但是这个来自宝拉妈妈公司的男人是不可阻挡的,他猛地一挥铁锹,把锡桶掀翻在地,他开始对那些蛇乱砍,狂怒地流着口水,直到这些蛇被砍成碎片,他才停了下来。

地上只有一些橡胶碎片。

查克·马克尔精疲力竭地蹲下身,眯着眼睛看着那些残缺的玩具蛇。他脸上的表情显示出他此时感受到了巨大的羞辱。

"这个世界怎么了?"马克尔喘着粗气说。

在马克尔猛烈地袭击"水生铜头蝮蛇"时,人群中传来了震惊和恐惧的叫喊声。在马克尔把蛇砍成碎片之后，人们只能听到新闻摄影师照相机的咔嚓声和宝拉妈妈公司副总裁的喘气声。

"嘿！这些蛇是假的。"卷毛说道，"它们不是真的。"

罗伊靠近比阿特丽斯，在她耳边低语道："又一位爱因斯坦。"

查克·马克尔缓慢地转过身来，凶狠地用铲子的刃指向猫头鹰洞里的男孩。

"你！"他大吼道，大步向前走去。

罗伊跳到他面前。

"滚开，孩子。"查克·马克尔说，"我没时间听你胡说八道了。现在赶快离开！"

很显然，这位宝拉妈妈的大人物完全失去了冷静，也失去了理智。

"你想干什么？"罗伊问，虽然他知道自己不会得到一个冷静、耐心的回答。

"我说了，滚开！我要亲自把那个小混蛋从洞里挖出来。"

比阿特丽斯大步跑过去，站在罗伊旁边，抓住了他的右手。人群中传来一阵焦急的低声讨论。

"啊,真好。就像罗密欧与朱丽叶一样。"查克·马克尔嘲笑道,他放低了声音说道,"孩子们,游戏结束。我数三个数,就开始铲了,或者更好的办法是,让秃头把推土机开过来,怎么样?"

工头皱了皱眉头:"我记得您说过我被解雇了。"

不知道从哪里冒出来一个人,抓住了罗伊的左胳膊,是加特勒。他的胳膊底下夹着一个滑板,他的三个玩滑板的朋友站在他旁边。

"你们在干什么?"

"本来在逃学。"加勒特高兴地回答道,"但是,老兄,这里发生的事更有趣,我就过来了。"

罗伊转过身来,看到比阿特丽斯已经和整个橄榄球队的队员站在了一起,她们手挽手默默地站成一排,她们都是又高又大的女孩,对查克·马克尔的恐吓毫无畏惧。

查克·马克尔也意识到了这一点。"快点结束这场闹剧吧!"他祈求道,"没必要闹得人尽皆知。"

罗伊惊奇地看着越来越多的孩子从人群中溜了出来,手拉着手,为比阿特丽斯的弟弟围成了一道人墙,没有一个家长阻止他们。

电视台摄像师宣布，将在午间新闻中现场直播这次示威活动，而报社的摄影师则猛地冲上前去，抢先拍摄了一张马克尔的特写。马克尔看起来精疲力竭，神情沮丧，而且突然变得十分苍老，他扶着那把铁锹，仿佛那是一根手杖。

"你们难道都没听到我说话吗？"马克尔喘着气说，"这场活动结束了！结束了！你们可以回家了。"

市长、格兰迪议员和商会会长偷偷退回了他们的豪华轿车里，勒罗伊·布兰尼特拖着沉重的步伐回到他的拖车里找冰啤酒喝，德林科警官靠在铁栅栏上，在写报告。

罗伊陷入了一种诡异而平静的恍惚中。

一个女孩唱起了一首古老的民歌《这片土地是你的土地》。是比阿特丽斯，她的声音出奇地柔和动听。没过多久，其他孩子也跟着唱了起来，罗伊闭上了眼睛，感觉自己好像飘浮在阳光下的一朵云彩上。

"打扰一下，宝贝，你那里还有空位吗？"

罗伊眨了眨眼睛，咧嘴笑了。

20 胭脂鱼捕手和猫头鹰

"是的，女士。"他说。

宝拉妈妈走到他和加勒特中间，加入了唱歌者的行列，她的声音沙哑，但是并不走调。

抗议活动又持续了一个小时，另外两名电视台记者也赶到了现场。还有另外几辆椰子湾的巡逻车在德林科警官的召集下赶来。

查克·马克尔想让新来的警察逮捕非法入侵、逃学和扰乱治安的抗议者，然而这个提议被坚决地拒绝了。一位警司告诉马克尔，给一群中学生戴上手铐不利于公共安全部门的形象。

一切进展得相当顺利，直到罗娜·利普在电视新闻上看到了自己的儿子。她急匆匆地赶过来，打扮得像要参加派对一样，在镜头面前一点也不害羞。罗伊无意间听到她对记者说，她为自己的儿子感到骄傲，因为他冒着生命危险去拯救那些可怜的猫头鹰。

"他是我勇敢的儿子！"罗娜大声嚷嚷着。

她假惺惺地尖叫着，冲向包围她儿子的人形墙，比阿特丽斯命令所有人挽住胳膊，挡住罗娜的去路。

有那么可怕的一阵，罗娜和她的继女面对面地站在那里,彼此怒目注视着对方,仿佛她们就要扭打在一起一样。加勒特用一个惊人的假屁打破了僵局,罗娜惊恐地向后退了几步。

罗伊推了推比阿特丽斯:"看那儿!"

在比阿特丽斯弟弟的头顶上,一只暗色的小鸟正以一种奇妙而大胆的姿势盘旋着。罗伊和比阿特丽斯兴奋地看着,这只鸟越飞越低,最后猛地俯冲到洞穴中央。歌声瞬间停止了,大家都回过头去看这只鸟落在哪儿。

胭脂鱼捕手努力不笑出声来,那只勇敢的猫头鹰落在了他的头上。

"别担心,小家伙。"男孩说,"你现在安全了。"

21

拿破仑·布里杰

"拿破仑?"

"拿破仑·布里杰。"罗伊大声地说出男孩的名字。

"难怪他的生活那么精彩。"罗伊的母亲评论道。

他们吃早饭的时候,埃伯哈特太太小心翼翼地剪下早报上的文章和照片。

报纸的头版刊登了罗伊、比阿特丽斯以及扮演宝拉妈妈的女演员手拉手围成一圈示威的照片,照片的背景中可以看到比阿特丽斯弟弟的头,看起来像一个戴着金色假发的椰子。

照片下面的文字说明扮演宝拉妈妈的女演员是前选

美皇后金伯莉·卢·迪克森,比阿特丽斯的弟弟叫拿破仑·布里杰·利普。

"他现在回家了吗?"罗伊的母亲问。

"我不知道他会不会认为那就算回家了。"罗伊说,"但他现在和妈妈及继父待在一起。"

在学生抗议现场,罗娜·利普泣不成声,要求与儿子团聚。警察不了解他们母子之间的情况,就带着她冲出人群,走向胭脂鱼捕手,把那只勇敢的小猫头鹰从男孩头上吓跑了。

"我的宝贝儿子!我勇敢的小英雄!"胭脂鱼捕手从猫头鹰洞穴里爬出来时,罗娜正对着镜头泣不成声。罗伊和比阿特丽斯无奈地看着她给了胭脂鱼捕手一个令人窒息的、夸张的拥抱。

埃伯哈特太太从报纸上剪下了罗娜和那个男孩的合影照片,男孩看起来很不自然。

"也许他们两人之间的关系会得到缓和。"罗伊的母亲满怀希望地说。

"不会的,妈妈,罗娜只是想上电视。"罗伊背上了书包,"我得走了。"

"你爸爸想在你上学前和你说会儿话。"

"噢！"

埃伯哈特先生昨晚很晚才下班，他回家的时候，罗伊已经睡着了。

"爸爸生气了吗？"罗伊问母亲。

"我不这么认为。为什么要生气？"

罗伊指了指报纸，上面到处都是被裁剪的痕迹。"关于昨天的事，以及我和比阿特丽斯的所作所为。"

"亲爱的，你没有触犯法律。你没有伤害任何人。"埃伯哈特太太说，"你只是为了你认为正确的事而抗争，你的父亲尊重这一点。"

罗伊知道"尊重"并不等同于"赞同"。他感觉父亲同情那些猫头鹰，但是父亲从来没站出来，替猫头鹰说话。

"妈妈，宝拉妈妈公司还在建煎饼屋吗？"

"我不知道，罗伊，很显然这个查克·马克尔大发脾气，当一个记者问他问题时，他差点把那个记者掐死了。"

"不可能吧！"罗伊和比阿特丽斯在临时新闻发布

会结束之前就离开了。

埃伯哈特太太举起了剪报。"报纸上是这么说的。"

罗伊不敢相信报纸用了那么大篇幅报道关于猫头鹰的抗议活动，也许这是椰子湾自上次飓风以来，最大的新闻。

他母亲说："从早上六点起，电话就不停地响。你爸爸让我把听筒拿下来。"

"真对不起，妈妈。"

"别傻了，我要做一个剪贴簿，日后给你的孩子和孙子看。"

我宁愿让他们看猫头鹰，罗伊想道，如果那时候还有猫头鹰的话。

"罗伊！"

这是他的父亲在书房里叫他："你能帮忙开一下门吗？"

一个留着黑色短发的消瘦的年轻女子在门前的台阶上和罗伊打招呼，她带着一个线圈笔记本和一支圆珠笔。

"我来自《公报》。"她解释道。

"谢谢,我们已经订阅了《公报》。"

这位女士笑了。"哦,我不卖报纸,我是写报纸的。"她伸出了一只手,"凯丽·科尔法。"

在这位女士的脖子上,罗伊看到一些淤青,和上次丹纳·马西森在他脖子上留下的痕迹一模一样。罗伊怀疑凯丽·科尔法就是查克·马克尔试图掐死的那位记者。

"我去叫我爸爸来。"罗伊说。

"哦,那没必要。我来这里是想和你谈谈。"她说,"你是罗伊·埃伯哈特吗?"

罗伊感到自己被困住了。他不想表现得粗鲁,但是也不想透露任何会让胭脂鱼捕手陷入麻烦的信息。

凯丽·科尔法开始像机枪一样发问:"你是怎么参与示威的?

"你是拿破仑·布里杰·利普的朋友吗?

"你们俩是否参与了破坏宝拉妈妈施工工地财产的事件?

"你喜欢煎饼吗?什么样的煎饼?"

罗伊的脑袋飞速旋转,终于他插嘴道:"听着,我去那里只是为了保护猫头鹰,就这些。"

记者匆匆地记下罗伊说的话,这时门被推开了,埃伯哈特先生站在那里。他刚洗了澡,刮了胡子,穿着一套整洁的灰色西装。

"对不起,女士,我可以和我的儿子说几句话吗?"

"当然可以。"凯丽·科尔法说道。

埃伯哈特先生领着罗伊进屋,然后关上了门。

"罗伊,你没必要回答她的问题。"

"我只是希望她知道。"

"这些,把这些东西给她。"罗伊的父亲咔嗒一声打开他的公文包,取出了一个厚厚的马尼拉纸文件夹。

"爸爸,这是什么?"

"她会明白的。"

罗伊打开文件夹,不由得咧嘴笑了:"这是从市政厅拿来的,对不对?"

"一份复印件。"他父亲说,"你说得对。"

"宝拉妈妈全部的施工许可证。我曾经试着找过这些材料,但它们不在那里。"罗伊说,"现在我知道为什么了。"

埃伯哈特先生解释说他把文件借走了，复印了每一页，并把材料交给了一些专门负责环境问题的律师。

"那么宝拉妈妈有没有被获准去填埋猫头鹰的洞穴？"罗伊问，"档案里有吗？"

他父亲摇摇头："没有。"

罗伊既高兴又困惑："爸爸，你为什么不把文件交给司法部门，而是交给那个新闻报纸的记者？"

"因为椰子湾的每个人都应该知道这个情况。"埃伯哈特先生用一种沉默和保密的语气说，"事实上，不在这里的东西才重要。"

"那是什么？"罗伊问。他的父亲告诉了他答案。

当罗伊再次打开大门时，凯丽·科尔法正带着得意的微笑等着："我们可以继续采访吗？"

罗伊报以灿烂的微笑。"对不起，我上学要迟到了。"他拿出文件夹，"拿着这个，这可能对你的报道有帮助。"

记者把笔记本夹在了腋下，从罗伊手里接过文件夹，她用拇指翻着这些文件，脸上得意的笑容消失了。她感到十分沮丧。

"这些东西是什么意思，罗伊？你要让我找什么？"

"我想这应该叫'E.I.S.'。"他重复着父亲跟他说的话。

"这个词是什么的缩写？"

"环境影响报告（Environmental Impact Statement）。"

"是的，当然。"记者说，"每个大型的建筑项目都应该有一个《环境影响报告》，法律是这么规定的。"

"但是宝拉妈妈没有发表《环境影响报告》。"

"我要走了，罗伊。"

"本来这份报告应该在文件里，"他说，"但是这里没有。"这就意味着该公司从来没有发表过《环境影响报告》，或者他们故意把这份报告拿走了。

"啊！"凯丽·科尔法看起来好像刚刚中了头彩一样高兴。

"谢谢你，罗伊。"她抱着文件夹，走下了台阶，"非常感谢，非常感谢。"

"不要谢我。"罗伊小声说道，"要谢我的爸爸。"

很显然，罗伊的爸爸也很在乎猫头鹰。

尾　　声

在接下来的几周里，宝拉妈妈的故事迅速发展成为一场全面的大丑闻，《环境影响报告》丢失的消息上了新闻的头条，彻底让煎饼屋的项目流产了。

原来，宝拉妈妈公司早就做了一份详尽的《环境影响报告》，该公司的生物学家记录了在施工工地上生活着三对穴居猫头鹰。在佛罗里达州，这种濒危的动物受到严格的法律保护，因而它们出现在宝拉妈妈的施工工地造成了严重的法律问题。一旦这件事流传开来，将会带来一场巨大的公关灾难。

因此，《环境影响报告》从市政府的档案中消失了。这份报告最后在布鲁斯·格兰迪议员的高尔夫球袋里被发现，里面还有四千五百美元的现金。格兰迪议员生气地否认这笔钱是煎饼屋公司的贿赂，随后急忙请了迈尔斯堡最贵的辩护律师。

与此同时，金伯莉·卢·迪克森解除了与宝拉妈妈公司的合约，放弃了扮演宝拉妈妈的角色。她声称自己无法为一个这样的公司工作：为了卖几个煎饼就谋杀猫头鹰宝宝的公司。她展示奥杜邦协会①的终身会员卡时，她声泪俱下的声明达到了高潮。《今夜娱乐》《好莱坞内幕》以及《人物》杂志都捕捉到了这一刻。这几家杂志也同时刊登了金伯莉·卢·迪克森、罗伊和比阿特丽斯在为猫头鹰抗议时手拉手的照片。

这比金伯莉·卢·迪克森成为美国小姐亚军，以及即将出演《木星七号的变种入侵者》所获的媒体关注还要多。罗伊的母亲一直关注着这位女演员在演艺圈的飞速发展，据报道，她将签约出演亚当·桑德勒导演的下一部电影。

相比之下，关于猫头鹰的大肆宣传成了宝拉妈妈公司的噩梦，这家煎饼公司成了《华尔街日报》的头版头条上一篇不光彩报道的主角。随即，公司的股票开始

---

① 以鸟类学家奥杜邦的名字命名的全美鸟类保护民间组织。

尾 声

暴跌。

在奠基仪式上表现失常之后,查克·马克尔被公司降职为副总裁初级助理,虽然他没有因为掐记者的脖子被送入监狱,但被迫参加了一节名为"如何管理你的愤怒"的课程,不过他还是没有吸取教训。不久后,他从煎饼公司辞职,在迈阿密找了一份油轮总监的工作。

最后,宝拉妈妈公司不得不放弃在东金莺街和伍德伯里街的拐角处开一家店的计划。到处都是宝拉妈妈公司没有《环境影响报告》、金伯莉·卢·迪克森令人尴尬的辞职以及查克·马克尔差点掐死凯丽·科尔法的电视录像和头条新闻,当然还有那些猫头鹰。

每个人都在为猫头鹰难过。

美国全国广播公司和哥伦比亚广播公司派出摄制组来到崔西中学,与学生抗议者和教职工会面。罗伊保持低调,但后来听加勒特说,亨内平小姐在一次采访中赞扬了那天中午参加抗议活动的孩子们,并声称自己鼓励孩子们参加这样的活动。大人们总是喜欢撒谎,好让自己显得很重要,罗伊不禁哑然失笑。

那天晚上,罗伊没有看电视,但他妈妈突然闯进来宣布汤姆·布罗考正在网络新闻上讨论罗伊和比阿特丽斯。埃伯哈特太太把罗伊领进客厅,刚好听到宝拉妈妈的总裁承诺要将椰子湾打造成穴居猫头鹰的永久保护区,并向大自然保护协会捐赠了五万美元。

"公司向所有的顾客保证,宝拉妈妈仍然致力于保护我们的环境。"他说,"对于某些前雇员和承包商粗心的行为导致这些独特的小动物陷入危险这件事,我深表遗憾。"

"真是胡扯!"罗伊喃喃道。

"罗伊·安德鲁·埃伯哈特!"

"对不起,妈妈。但是那个人没说实话,他知道关于猫头鹰的事,他们公司所有人都知道关于猫头鹰的事。"

埃伯哈特先生把电视调成静音。"莉兹,罗伊说得对,他们只是在为自己的所作所为擦屁股。"

"但关键是你做到了你想做的事!"罗伊的母亲告诉罗伊,"那些鸟安全了,不会再受到煎饼公司的伤害了。你应该为此感到高兴!"

"我知道!"罗伊说,"但不是我救了猫头鹰。"

尾　声

　　埃伯哈特先生走过来，把手放在儿子的肩膀上，"但你为此发声了，罗伊。没有你，没人会知道发生了什么，也没人会参与抗议活动。"

　　"一切都因为比阿特丽斯的弟弟。"罗伊说，"他才应该出现在汤姆·布罗考的节目里。整件事都是他的主意。"

　　"我知道，宝贝。"埃伯哈特太太说道，"但是，他走了。"

　　罗伊点了点头："看起来确实是这样的。"

　　胭脂鱼捕手和罗娜在一个屋檐下只待了不到四十八个小时。罗娜一直在打电话争取更多的电视采访机会，指望自己的儿子可以让他们家成为人们关注的焦点，但胭脂鱼捕手最讨厌这样。

　　当罗娜和利昂因为一件衣服争吵时，男孩在比阿特丽斯的帮助下，偷偷溜出了家。那件衣服是罗娜花七百美元买的，希望可以穿着它上奥普拉·温弗瑞的脱口秀。

　　但奥普拉节目组一直没人给罗娜打电话，于是利昂要求罗娜把裙子退了，而且要全额退款。

胭脂鱼捕手和猫头鹰

利昂夫妇的争吵声达到 B-52 轰炸机的分贝时,比阿特丽斯让自己的弟弟从浴室的窗户爬了出去。不幸的是,一位爱管闲事的邻居以为这个男孩要入室行窃,并通知了警察。胭脂鱼捕手只跑了两个街区,就被飞驰而来的巡逻警车包围了。得知她的儿子又玩起了离家出走的老把戏,罗娜气坏了。出于怨恨,她告诉警官这个男孩偷走了她首饰盒里的一枚贵重的脚趾戒指,并要求把他关到青少年监狱,给他一个教训。

男孩在青少年监狱里只待了十七个小时就越狱了,这一次和他一起逃跑的还有一名令人意想不到的同伙。丹纳·马西森和自己最好的新朋友躲在洗衣室里,他完全不知道胭脂鱼捕手故意选择和他一起越狱,那个骨瘦如柴的金发男孩知道丹纳是谁,也知道他对罗伊·埃伯哈特做过的一切坏事。洗衣篮被装进洗衣车,然后被洗衣车带出监狱的大门。头脑简单的丹纳只以为自己交了意想不到的好运,直到卡车突然刹车,后门被飞快打开,他都没有为越来越近的警笛声感到担心。

就在这时,两名逃犯从那堆臭烘烘的衣服堆里跳了出来,疯狂地跑了起来。之后,当罗伊听到比阿特丽

尾 声

斯给他讲这个故事，立刻就明白了她的弟弟为什么选择丹纳·马西森作为自己的越狱伙伴。胭脂鱼捕手动作敏捷，奔跑迅速，而丹纳行动迟缓，脚痛难忍，还没有从老鼠夹的袭击中恢复过来。

丹纳——最完美的诱饵。

果然，警察很轻松就抓住了这个大块头，虽然在他被扑倒并且被铐住之前，他成功地甩掉了两名警察。那时，比阿特丽斯的弟弟已经成了一个模糊的黑影，如同一缕古铜色的光一般消失在乱成一团的树林里。

警察没有找到胭脂鱼捕手，他们也没有花费太多精力去搜寻他。丹纳才是最重要的犯人，因为他前科累累而且态度恶劣。

罗伊也找不到胭脂鱼捕手，很多次他骑着自行车来到垃圾场，检查冰激凌车，但是里面没有人。然后，一天，卡车自己消失了，被拖走然后压成了一个生锈的废弃金属立方体。比阿特丽斯知道自己的弟弟的藏身之处，但是胭脂鱼捕手让她发誓保密。

"对不起，特克斯。"她和罗伊说，"我发了血誓。"

是的，那个孩子不见了。

罗伊知道除非拿破仑·布里杰自己愿意被人看到，否则自己永远见不到他。

"他会没事的，他是个能在艰苦环境中生存的人。"罗伊对母亲说，希望她能够放心。

"但愿你是对的。"她说，"但是他太年轻了。"

"我有个主意，"罗伊的父亲手里拿着车钥匙，钥匙叮当作响，"我们去兜风吧！"

埃伯哈特一家到达伍德伯里街和东金莺街的拐角处时，已经有另外两辆车停在了铁栅栏门口。一辆是警车，一辆是蓝色的皮卡，罗伊认出了这两辆车。

戴维·德林科警官在从警局回家的路上停了下来，他在警察局又受到了局长的嘉奖——这次是因为他协助重新抓获了丹纳·马西森。暂时没有工作的卷毛勒罗伊·布兰尼特开车送他的妻子和岳母去奥特莱斯购物中心，他决定绕道而行。

和埃伯哈特一家人一样，他们都来看猫头鹰。

夜幕降临时，他们在友好而又简单的沉默中等待着，尽管他们之间有很多话可以说。除了铁栅栏上褪色的彩带，这片土地上没有煎饼屋的人来过的痕迹。卷毛

尾 声

的拖车被拖走了,推土机也被运走了,便携式厕所被送回了厕所租赁公司,就连那些测量桩都不见了,它们被连根拔起,当作垃圾运走了。

渐渐地,夜晚降临,空气中传来了蟋蟀的嗡嗡声,罗伊想到自己在施工工地放生的一盒蟋蟀,不由自主地笑了。很显然,猫头鹰还有很多其他虫子可以吃。

没过多久,一对鸟从附近的一个洞穴里蹦了出来,它们身后还跟着一只走路不稳的小家伙,看起来像圣诞饰品一样脆弱。

猫头鹰们一起把它们洋葱大小的头扭过来,盯着那些围观它们的人。罗伊可以想象它们此刻在想什么。

"我得承认,"卷毛亲切地哼了一声,"它们挺可爱的。"

一个周六,宝拉妈妈的丑闻平息后,罗伊去看比阿特丽斯和她朋友们的橄榄球比赛。这是一个闷热的下午,但是罗伊已经接受了一个事实:在佛罗里达州南部没有季节变化,这里只有夏天,各种有着细微差别的夏天。

尽管还是怀念蒙大拿清冽的秋天，但是罗伊发现自己越来越少地梦到那个地方了。今天太阳像霓虹灯一样照亮了绿色的橄榄球场，罗伊高兴地脱掉了他的衬衫，接受太阳的烘烤。

比阿特丽斯进了三个球才注意到罗伊躺在看台上观看她们的比赛，她朝罗伊挥了挥手，罗伊给她竖起了两个大拇指，咯咯地笑了。这真的很有趣——比阿特丽斯这个像一头熊一样的女孩向新来的孩子特克斯挥手。

烈日和热气让罗伊想起不久前在离家不远的地方度过的一个明媚的下午。在橄榄球比赛结束之前，罗伊抓起衬衫溜走了。从橄榄球场到之前去过的那条隐蔽的小溪只有很短的路程，罗伊把自行车拴在一个坑坑洼洼的旧树桩上，在错综复杂的树丛中摸索着前进。

小溪的水涨得很高，莫利·贝尔号的驾驶室只有很短一点露出了水面，经历着风吹日晒。罗伊把他的球鞋挂在分叉的树枝上，在暖流的推动下，他向沉船游去。他两手抓住驾驶室顶部的边缘，把自己吊在翘起来的光秃秃的木头上。这里没有足够的空间可供他休息而不被水打湿。

尾　声

罗伊趴在地上，眨了眨眼睛，把汗水里析出的盐抖掉，等待着。宁静像柔软的毯子，包裹着他。

首先，他发现鱼鹰的T形身影掠过他脚下浅绿色的水面，接着又来了一只白色的苍鹭，它在低空中滑翔，在浅滩里涉水。最终，这只鸟停在了一片漆黑的红树林之间，烦躁地尖叫着，等待涨潮。这些优雅的伙伴很令罗伊高兴，但他的眼睛一直盯着小溪。上游觅食的大海鲢溅起的水花声让他警觉起来。不一会儿，水面开始摇晃并且"沸腾"起来。片刻之后，一群胭脂鱼跃出了水面，光滑的银色线条一次又一次跃向空中。在船长室上，罗伊挥舞着双手，尽可能快地向前冲去，胭脂鱼不再跳跃了，而是聚集成一个V形的纵队，在小溪中掀起了一阵涟漪，然后向莫利·贝尔号冲去。

很快，罗伊身下的水变暗了，他可以分辨出每条胭脂鱼的钝头，每条鱼都在为了自己的生命而疯狂地游动。当这群鱼靠近捕蟹船时，它们就像被军刀切开，分成两列，罗伊迅速地锁定一条鱼，摇摇晃晃地把手伸入水里。

有那么激动人心的一瞬，罗伊觉得自己抓住了它——像水银一样凉爽、光滑、神奇,他把手指攥成拳头,但是胭脂鱼很容易就从他手里滑了出去,在地上跳了一下,回到了鱼群当中。

罗伊坐了起来,凝视着自己湿漉漉、空空的手掌。简直不可能,他想,没人可以空手抓住它们,就连比阿特丽斯的弟弟都不行。

一定是个骗局,或者某种美妙的幻觉。

从茂密的红树丛中传来一阵笑声,罗伊以为是苍鹭的声音,但他抬头看去,苍鹭已经飞走了。他慢慢地站了起来,用手遮住了刺眼的阳光。

"是你吗?"他喊道。

"拿破仑·布里杰,是你吗?"

没有人回答。

罗伊等呀,等呀,直到太阳落山,小溪被笼罩在阴影当中,树丛中再也没有传来笑声。

罗伊不情愿地从莫利·贝尔号上滑下来,让落潮的水流把他带到岸边。他机械地穿上衣服,但当他拿鞋时,发现只剩下一只挂在分叉的树枝上,右脚的运动鞋不见了。罗伊穿上了左脚的运动鞋,蹦蹦跳跳地去找另

尾 声

一只，他很快在树枝下的浅滩里找到了那只鞋，它浸泡在水里。罗伊心想，鞋子一定是从树枝上掉下去了。

然而当他弯腰捡鞋子的时候，却拿不起来，鞋带被缠在藤壶根部。罗伊用颤抖的双手解开鞋带，提起湿湿的运动鞋，看了看里面。

在鞋里，他发现了一条比人的食指大不了多少的胭脂鱼，它翻腾着，溅起了水花，抗议着这场囚禁。罗伊把小鱼倒入自己的手中，往溪水深处走去。

他轻轻地把胭脂鱼放入水中，胭脂鱼在水中闪了一下，像火花一样消失不见了。

罗伊一动不动地站着，聚精会神地听着，可他唯一听到的声音只有蚊子的嗡嗡声和潮水的低语声。那个奔跑的男孩已经离开了。

罗伊穿上了自己的另一只运动鞋，不由得笑了。所以徒手抓胭脂鱼并不是什么把戏，也不是什么不可能的事。

看来我改天还得再试一次，罗伊想道，这才是一个真正的佛罗里达州男孩该做的事情。